北欧神话

THE
NORSE MYTHS

A GUIDE TO THE GODS
AND HEROES

〔英〕卡罗琳·拉灵顿（Carolyne Larrington）著

管昉珺 译

民主与建设出版社

·北京·

作者附言

　　我要感谢蒂姆·伯恩斯，因为他提供了许多有用的建议。此书献给四位朋友，他们多次带我踏上北欧之旅，陪我周游各地："好朋友总近在身旁，哪怕他住得天涯远，道路笔直好似近邻。"[1]

◄目 录►

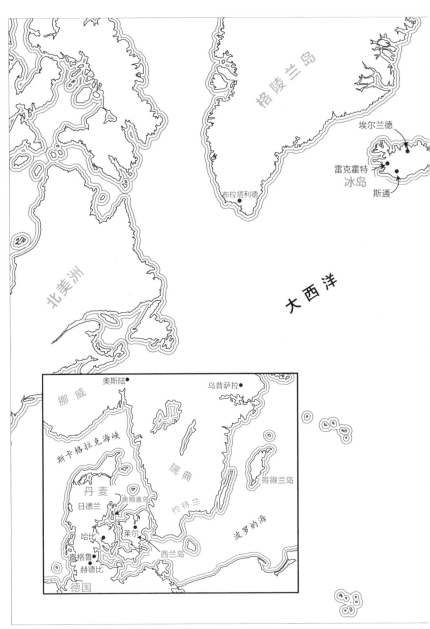

使用古诺斯语的族裔分布广泛，在不列颠、诺曼底、冰岛、格陵兰岛和北美都有定居。他们曾迁至俄罗斯，还在君士坦丁堡皇帝的瓦兰吉卫队（10世纪至

哈洛加兰

萨米

赫拉夫尼斯塔岛

挪威

瑞典

芬兰

苏米

俄罗斯

法罗群岛

设德兰群岛

柯克安德斯

卑尔根

马恩岛

奥斯陆

乌普萨拉

诺森布里亚

奥克尼群岛

北海

丹麦

波罗的海

哥得兰岛

英格兰

看插图地图

约克

都柏林

爱尔兰

莱茵河

德国

第聂伯河

诺曼底

沃尔姆斯

奥地利

罗马

黑海

君士坦丁堡

地中海

瑟克兰

尼罗河

非洲

14世纪拜占庭军队中的一支精英部队,是皇帝的专属卫队,主要成员均来自北欧。——译者注)中服役。

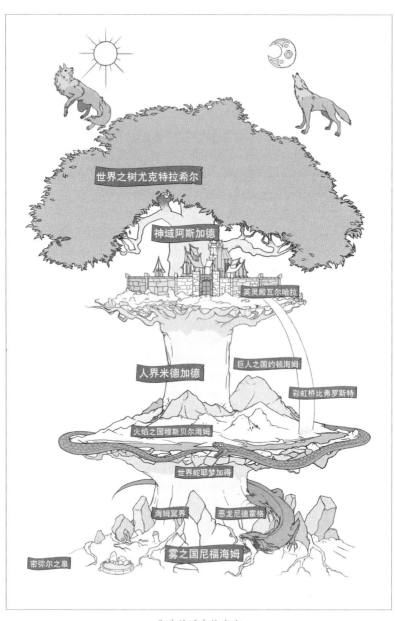

北欧神话中的宇宙

前　言

❖　起源与传承　❖

奥丁是一个非凡之人，他智慧卓绝，建立了丰功伟绩。他的妻子名叫弗丽吉达，我们称她为弗丽嘉。奥丁具有预知之能，他的妻子也会占卜。通过预测未来，他知道自己将会名扬北方世界，受到超越诸王的礼敬。因此，他告别了土耳其，热切地踏上前往北方的旅程。跟随他的是一大群男女老少，他们随身携带着大量奇珍异宝。凡他们所到之处，都流传着关于他们的光辉事迹。他们不似凡人，更似神明。

——斯诺里·斯图鲁松，《小埃达》前言（约 1230 年）

❖　斯诺里·斯图鲁松与聪慧的亚洲移民　❖

北欧众神的真实身份是什么？他们是来自近东的移民，向北穿过德国，到达应许的家园斯堪的纳维亚：他们是和你我一样的人类，只是更加聪明，更加美丽，更加文明。至少有位中世纪冰岛的基督教作家是这样宣称的，尽管他将斯堪的纳维亚北部存留的大量神话传说记录了下来。为何先祖会崇拜假神呢？中世纪的基督教学者需要对此做出解释。因此，有种理论得到了广泛的传播，即基督以前的众神都是魔鬼，是撒旦派来的恶灵，企图引诱人类犯下过错。但是，还有一种理论也具有解释的效力，那就是斯诺里·斯图鲁松在上面的引文中所提出的主张：所谓的众神实际上是优秀的人类，是来自特洛伊的移民——这种理念被称为神话史实说（Euhemerism，又译为欧赫美尔主义，认为神话传说是基于真实事迹改编的，得名于古希腊哲学家欧赫美尔。——译者注）。斯诺里·斯图鲁松是13世纪的冰岛学者、政治家、诗人和领主，他给我们留下了关于北欧诸神最详尽、最系统的叙述。对他而言，北欧众神——即所谓的阿萨神祇——必为人类，是个令人信服的理念。特洛伊战争之后，失败一方的后裔决定向北迁居，把他们先进的技术和智慧带给德意志地区和斯堪的纳维亚的原住民。后来者的文化更为优秀，取代了原住民的文化，使原住民说起了后来者的语言。第一代移民过世之后，被人们奉为神明，加以崇拜。

斯诺里意图在他的《小埃达》中阐释传统北欧诗歌的技法，而这需要大量的神话背景知识。因此，他设立了一个明确的框架：尽管现在不该信奉异教神明——神明也不过是一群聪敏的近东移民，但是，和他们相关的故事依然充满意义，富有趣味。于是，他在这本诗歌专著的前面，用瑞典国王古鲁菲的故事作为序言。古鲁菲曾遭受了双重的欺骗：第一次骗他的是女神葛冯（这个故事会在第1章中提到）；第

冰岛学者斯诺里·斯图鲁松

斯诺里·斯图鲁松（1179—1241）生于冰岛一个显赫的家族，曾深入参与冰岛和挪威动荡的政局。他著有一本诗歌专著，被称为《小埃达》。此书包含四个部分：《韵律大全》，一首展示多种诗歌韵律的长诗；《吟唱诗艺》，对比喻形象，即比喻复合词进行了解释；一篇《前言》；一篇《古鲁菲被骗》。斯诺里死于冰岛的雷克霍特，在自家的地窖之中被挪威国王的密探杀害。他临终前的最后一句话是："别砍我！"

13 世纪冰岛学者、政治家和诗人斯诺里·斯图鲁松
的雕像，位于他的家乡冰岛雷克霍特。

二次受骗是在他醒悟到受骗之后——他前往阿萨诸神所在的阿斯加德，
想要多加了解这些欺诈者。他被请进了王宫大殿，在此与哈尔、爵汉
尔和斯莱德（至高者、齐高者、第三位）会面。古鲁菲和他们问答良
久，从中了解到许多关于诸神的信息，知晓了创造天地与人类的过程，
还有世界的终结，诸神的黄昏——届时诸神和巨人将对战沙场，最终
大地会被重塑。哈尔和两位同僚劝勉古鲁菲，请他对得来的知识加以
善用。然后，他们三人和巨大的宫殿、森严的堡垒一同消失了。古鲁
菲返回家乡，把自己的所见所闻四处传布。

　　斯诺里还写过另外一部关于北欧诸神的重要作品:《英林萨迦》（英
林家族的传说）。它是《挪威列王传》的第一部分，后者根据其开篇第
一个词又被称为《世界之环》。在这部作品里，他同样采用了《小埃

古鲁菲国王会见哈尔、爵汉尔和斯莱德，出自18世纪冰岛手抄本。

达》中的说法，对阿萨神祇进行了神话史实化的解释。但是，他在此更为详尽地描述了诸神的力量，并指明他们就是瑞典和挪威列王的祖先。尽管经过了理性化和系统化的处理，斯诺里的神话作品仍是我们了解北欧诸神和英雄故事的重要途径。然而，在阅读斯诺里的著作时，我们需要将下面这件事始终铭记于心：作者是中世纪的基督徒，根据自己的身份，他会对部分材料做出调整。因此，他引入了史前洪水的概念，让霜巨人除一人之外全部淹死在这场洪水之中。这段故事是作者的发明，源于《圣经》里让巨人灭绝的诺亚的洪水。在现存的其他北欧传说之中，完全找不到支持这段故事的证据。尽管斯诺里对北欧神话的了解肯定比我们要深厚得多，但有时他也会碰到知之不详的概念，于是就会生编硬造。我们还怀疑，斯诺里知道的故事不止于他讲出来的这些——比如奥丁把自己吊在世界之树尤克特拉希尔上，"将自己献祭给自己"（参见第1章）。神明被吊起献祭和基督受难的故事严重"撞车"，对于一个虔诚的基督徒来说，重述这段神话或许并不令人愉快。

❖ 两种北欧诗歌 ❖

没人拿得准"埃达"这个词的确切含义——斯诺里的著作被冠以"埃达"之名，最早出自一份手抄本。埃达的含义之一是"老祖母"，或许是指神话知识源远流长，和女性关系密切。在 14 世纪的冰岛，这个词也被用来指代"诗学"一类的作品。北欧古代诗歌分为两种类型。第一种精雕细琢，被称为吟唱诗歌，诗中使用了谜语般的隐喻系统，也就是比喻复合词。最简单的比喻复合词可能就是合成词，比如用"思想的工匠"指代"诗人"，用"精灵之光"指代"太阳"。然而，许多比喻复合词更加复杂，更加隐晦；解码它们的意思依赖人们对神话的了解程度。因此，想要理解"冈罗德玉臂上的重荷"说的是谁，我们需要知道，奥丁曾经引诱巨人之女冈罗德，以期为诸神和人类获取诗仙蜜酒（参见第 3 章）。用这样的词汇来描述奥丁，就把他和引诱者的形象联系了起来，让人想到他为诸神和人类赢得了重要的文化宝藏；而用其他比喻，如"悬吊之神"，就会让人联想到牺牲者的形象，想到他为了获得卢恩符文的知识，把自己吊在世界之树上——吊死祭品似乎是取悦奥丁的最佳方式。除了第 3 章中谈到的索尔的几段历险，吟唱诗歌鲜少记叙神话故事，但神话传说和此类诗歌之间依然存在联系，主要在于神话传说支持了比喻复合词的隐喻系统。

第二种北欧古代诗歌被称为埃达诗歌。它的形式相对简单，押头韵，和用同语族的日耳曼语言——古英语以及古高地德语——写就的早期诗歌是一致的。这种诗歌之所以被称为"埃达"，是因为它所讲述的许多故事，为《小埃达》中的神话构建了基础。采用这种韵律的诗歌，大部分都是通过一卷手抄本才保留至今。这卷手抄本的正式名称为 GKS 2365 4to，现今被保存在雷克雅未克的手抄本研究院中。冰岛主教布林约尔维·斯汶逊于 1662 年将这卷手抄本献给了丹麦国王，它因此得名"Codex Regius"，即《皇家手稿》。尽管这卷手抄本是于 1270 年左

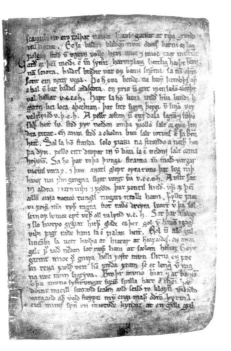

《皇家手稿》（约 1270 年）展示了
《女占卜者的预言》中的部分诗行。

右在冰岛写就的，成书时间比斯诺里的《埃达》晚了四十年左右，但其中的许多诗歌和内容却出现在斯诺里的著作中。斯诺里写作之时，似乎已经存在成文的神话英雄诗歌集供他参考引用。本书中所引用的诗歌全都源于这一合集。不过，在《皇家手稿》之外，还存在着其他几首神话的埃达诗歌，包括：《巴德尔的噩梦》，预示了巴德尔之死；《海恩德拉之歌》，以一位女巨人的身份传达了大量的神话知识，其中列出了女神芙蕾雅最喜爱的英雄之一的祖先令名；《里格的赞歌》，解释了社会阶层是如何形成的（本书中埃达诗歌的篇章名皆从译林出版社《埃达》，诗歌内容皆为译者自译。——译者注）。还有一些埃达形式的诗歌散见于维京时代英雄的散文故事（萨迦）中，大多讲述的是古代斯堪的纳维亚英雄的事迹；这些诗歌被称为古代萨迦。

◇ 萨克索：第一位丹麦历史学家 ◇

在中世纪，关于北欧神话传说的记叙几乎全部源于冰岛，并用冰岛语写就。只有一部重要的作品除外，那就是《丹麦人的事迹》——这部巨著是用拉丁语写就的，作者是生活在1150—1220年左右的丹麦僧侣萨克索·格拉玛提库斯。萨克索的绰号是"博学者"。在序言中，萨克索告诉我们，在前基督教时代，丹麦人"用自己的语言把字母刻在岩石上，重述祖先的丰功伟绩。这些故事早已用他们的母语写成了歌曲，被广为传颂"[2]。萨克索也提到，当时的冰岛人中流传着丰富的神话传说，并在他自己的书中采用了从他们那里获得的材料。像斯诺里一样，萨克索虽然讲述了神明和英雄的事迹，却把他们描绘成了人类。在他笔下，他们聪明狡黠，生活在史前时期的丹麦。奥丁再度被说成是极富智慧的智者："一个人类……被欧洲人广泛地，尽管是错误地，当作神明来信仰。"[3]尽管萨克索秉持怀疑的笔调，但他仍然记录了大量内容，支持着别处的记载；他最突出的贡献在于，为几名特别重要的斯堪的纳维亚英雄提供了详尽的信息，例如将在第5章中讲到的斯塔卡德尔和毛裤子拉格纳（Ragnarr loðbrók，loðbrók 意为"毛裤子"）。

冰岛南部斯通重建的中世纪农庄。

冰岛故事

　　萨克索称，冰岛人铭记着英雄传说并把它们保存了下来，这一论点得到了北欧神话传说两大文献的支持。《诗体埃达》和《散文埃达》（又称《老埃达》和《小埃达》——译者注）这两部著作确实都是在北大西洋岛屿上写就的。在9世纪，冰岛上的定居者主要来自挪威。在冰岛人的起源神话中，他们自称是生而自由的贵族的后人，不愿接受国王金发哈拉尔的暴政，于是迁居于此。移居到这个新拓居地的，还有其他一些来自不列颠诸岛上的盎格鲁－斯堪的纳维亚属地的斯堪的纳维亚人，奴隶则从凯尔特地区被运送而来。古老的故事也必然从斯堪的纳维亚本土随之而至，乘着拓居者的长船四处旅行，在小小的农户中被忆起重述——蛰伏在茅屋顶之下，一户又一户的人家就这样度过漫漫冬日长夜。因此，几个世纪以来，冰岛都是往昔异教的知识宝库。

❧ 口头和书面 ❧

　　斯诺里在写作《小埃达》时，手头可能已经有了少许埃达诗歌的手抄本合集。但我们也不能低估，中世纪的人到底可以在记忆中储存多少资料。斯诺里的脑海里无疑装满了海量的诗歌，当中既有吟唱诗歌，又有埃达诗歌。基于这些诗歌，或许还有散文体的重述故事，他从中提取出了写作《小埃达》所需的材料。实际上，斯诺里的著作为后世确立了北欧神话的形态——当灵活多变的故事被写成了白纸黑字，便会不可避免地导致这一结果。但神话从来就没有"最原始"的版本；想要确定谁才是第一个讲故事的人，这是不可能做到的。每个个体的重述合在一起，构成了我们对神话的结构和意义的总体认知。每个新的版本，不管是一整首诗、一个比喻复合词，还是一处用典，又或者是石雕、木刻、绘画、织物或瓷器上的形象，都能让我们对神话思维产生新的洞见，让我们了解神话是在怎样的情境下和运用它的文化发生关联的。

我们将在第 2 章中看到，北欧神话对创世的解释不止一种，但争论哪种才是"真的"或"原初的"毫无意义。正如埃及神话沿着整条尼罗河衍生出多个版本，北欧神话也是属于所有维京后裔的文化财产，不论他们生活在北欧世界的哪个角落。在所谓的维京大迁徙之中，古诺斯语族群离开斯堪的纳维亚，移居到不列颠的部分地区，到诺曼底，到北大西洋群岛——一开始是冰岛，后来也抵达了法罗群岛、奥克尼群岛和设德兰群岛。再晚些时候，他们定居格陵兰岛南部，甚至一度在北美建立了拓居地。斯堪的纳维亚人曾沿着第聂伯河航行至黑海，在君士坦丁堡皇帝的瓦兰吉卫队中服役，还建立了俄罗斯的第一个公国。

地理上的分散意味着大一统的丧失，没有哪一个版本的神话可堪当人人信仰的权威。权威信条大多来自拥有经典的宗教，如犹太教、基督教和伊斯兰教。在这些宗教中，神圣经文逐渐演变，某些信念被公认为正统，然后进一步强化成真道（尽管人们会对此进行不同的诠释）。从丹麦的日德兰半岛，北到拉普兰边境，西到维京时代的都柏林甚至格陵兰，南到诺曼底，东到君士坦丁堡，每个说古诺斯语的群落都信奉着一套不

来自瑞典上胡格达尔的维京时代挂毯，上面描绘着骑马者、船只和树木纹饰。

尽相同的神话，用它来履行神话的职责——解释形而上的大问题。

当传说跨越地域的疆土，穿过语言的边界，它们自身也在发生变化。如果我们比较西格尔德/齐格弗里德的故事的不同版本——奥地利-德国传承自1200年左右的《尼伯龙根之歌》和第4章中重述的北欧诗歌、散文版本——我们会发现，主要人物之间的关系完全不同。在南方的版本中，故事的重点在于妹妹向自己的兄弟复仇，因为她的丈夫被兄弟杀害。在北方的版本里，妹妹原谅了自己的兄弟，向她的第二任丈夫发起了可怕的复仇，因为他谋杀了她的兄弟。这些差异之处反映了文化范式的变迁：故事探究的是嫁为人妇之后应当向哪一方效忠。神话和传说是可塑易变的：当它们具备文化上的效用，它们就会被记诵、被重塑、被保存——通常是以书写或其他形式确定下来；一旦它们失去意义，它们就湮灭无迹。在北欧的神话体系之外，必然还有过大量关于神明和英雄的故事。这些居于一隅或广为流传的故事，如今已永远消逝。

✖ 场所和物件 ✖

关于神话体系中遗失的瑰宝，我们所知的线索有些来自前基督时代信仰的早期遗迹，有些源于考古发现，还有一些源于石刻——在古代北欧地区，这一来源尤为重要。尽管古代北欧的宗教仪式似乎大多在室外举办，人们还是修建了神庙。一位不来梅的学者亚当曾经写到，瑞典中部的乌普萨拉有一座宏伟的神庙。这一记载可以追溯到11世纪70年代。瑞典皈依基督教的时间要远远晚于挪威和冰岛，而乌普萨拉又是所有活动的中心：包括政治、行政、宗教以及法律。亚当告诉我们，在乌普萨拉的神殿里，索尔、沃顿和弗丽可（即索尔、奥丁和芙蕾雅）的雕像坐在王位之上。索尔位居中央，其余二神陪坐左右。神殿近旁有一棵高大的常青树，树下有一口井，信徒们会把人牲溺死在里面。树上还会吊着作为祭品的人和动物，狗、马和人一起晃来荡去。如上文所说，和奥丁有关的神话全都强调了吊死祭品的重要性，把它

奥劳斯·马格努斯的《北欧民族史》（1555）中所绘的乌普萨拉神殿，可以看到井里有一个被当作祭品的人牲。

奥赛伯格墓葬船

　　1903 年，在挪威南部的西富尔德，有个农民在自家田里挖地，从一个土堆中挖出了船只的残骸。次年夏天，奥斯陆大学的考古学家对此地进行了发掘，出土了一艘精雕细刻的大船。这艘船长 21.5米，宽 5 米，由橡木木板构成，建造的时间大约是 820 年。船上可以容纳 30 名桨手。834 年，这艘船被拖上岸，为两名身份高贵的女性充当棺椁。其中一位年龄介于 70—80 岁之间，另一位大概在50 岁上下。她们躺在富丽堂皇的墓室中，同眠在一张床上。墓室位于船桅后方，立于甲板之上。墓室中挂满了绣花壁毯，堆满了随葬品——家具、衣物、鞋履、梳子、雪橇，还有一个装饰精美的木桶——所有这些东西全都摆放在两位女性周围。除此之外，墓中还发现了十五匹马、六条狗和两头小牛的骨骼。一同下葬的应该还有贵重金属器皿，但封土曾在中世纪被人破坏，已经全都失窃，只有这些更大更重的物品遗留了下来。它们是如此的精美，以至于人们推测，那位年龄较大的女性可能是一位女王。在奥斯陆的维京船博物馆里，你可以参观到奥赛伯格号和其他两艘类似的船。

当作牺牲祭祀的主要形式。

　　考古发现还加深了我们对北欧神话世界的认识，让我们知晓故事中的武器、盾牌、房屋和船只大概是什么模样。依靠这些实物，我们得以扩展对神明和英雄世界的想象重构。在墓葬中还找到过其他一些物品，表明墓主是一名巫师，会在仪式中使用魔法道具。根据神话中的记载，墓葬船会被火化成灰，或放归于海；这类葬礼不会给考古学家留下任何踪迹。然而，奥赛伯格墓葬船的存在证明，对于名门望族来说，船只也可以当作棺椁用于土葬。

　　想要证实北欧神话传说并详细阐述，最重要的文物莫过于维京时代的石刻——凿刻在石头上的画像或是神明与英雄的立体雕像。这些文物主要保存在一些岛屿上，比如马恩岛或哥得兰岛，这些岛屿是维京大迁徙的前哨。它们位于瑞典和芬兰之间的波罗的海，长久以来，

9世纪的奥赛伯格号，在挪威奥斯陆的维京船博物馆中展出。

一幅早期哥得兰石画

　　这幅石画来自哥得兰岛哈瓦尔堂区的奥斯特思，作画时间可以追溯到 400—600 年。画上有一只多足怪兽，还有一个人把手放到怪兽嘴里，或者是抓住它的下颚。有人把这一场景和魔狼芬里尔咬掉提尔之手的故事进行比较。再发挥一下想象力，这个千足虫一样的生物也可能象征着将在世界末日吞掉奥丁的野兽。

在哥得兰岛哈瓦尔堂区的奥斯特思发现的石画。

此处都是北欧海洋贸易和出行的十字路口。哥得兰岛存留了 475 幅绘有复杂场景的雕刻画像石。根据一些标志性的细节，我们可以从中辨认出骑着八足天马斯莱普尼尔的奥丁（参见第 1 章），铁匠伏尔隆德的传说（参见第 2 章），还有希格尔德传奇（参见第 4 章）的部分情节。

　　由于有的画像石具备极为独特的细节，如奥丁的八足天马或索尔钓中庭巨蟒用的牛头，我们只能把它解释为对某个特定的北欧神话的

索尔和巨人希密尔出海钓鱼，用牛头当鱼饵（参见第 3 章），
来自（约）10 世纪的英国北部坎布里亚郡的戈斯福斯垂钓石。

表现。通过这种方式，我们可以把现存的神话传说和维京世界各个地
方的画像石联系起来。在每个群落之中，承继的故事都会掺杂当地的
传说。在每一个社区，当地的传统都会与传承故事融合在一起，而最
让人震惊的是，在马恩岛上，一些北欧神话形象居然被刻在了基督教
的十字架上，与基督信仰建立了对话。描绘屠龙者希格尔德故事的图
案，可以让人想起《启示录》中的圣米迦勒屠龙。十字架的长柄上刻
着奥丁之死——在诸神的黄昏之时，奥丁被魔狼芬里尔吞噬。这枚十
字架来自马恩岛的柯克安德斯，被称为索尔瓦德十字架（参见卷首插
图，根据石匠的卢恩符文签名命名）。诸神之父奥丁的死亡图景和基督
形成了强烈的对比，因为基督在死后还会复生。远至俄罗斯的伏尔加
河流域，都能发现绘有希格尔德故事的石画和物品，其中瑞典拉姆松
德石刻（参见 112 页）最为著名。我们将在后面的几章中看到，这些
图像是如何与神话原文相互匹配的。

丹麦莱尔的"奥丁"像。人物身着女式服装，被两只渡鸦拱卫。

　　近期人们还发现了一些金属制品，大部分都是极为微小的雕像。越来越多的雕像上被辨认出北欧诸神的形象。在这些雕像中，有最近在丹麦莱尔出土的奥丁像：奥丁端坐王位，他的两只渡鸦栖在椅背上。另一个惊人的例子来自丹麦哈比，是一个武装女子的塑像（瓦尔基里女武神）。它们的地位可以和之前的一些发现相提并论，如著名的冰岛

手持宝剑和盾牌的女子，可能是一名女武神，见于800年。近期发掘于丹麦哈比。

被认为是弗雷的小型金属人像，来自瑞典拉灵格。

埃尔兰德的索尔雕像（参见 75 页）和具有巨大阳具的瑞典拉灵格塑像——这个小型塑像通常被认为是弗雷。考古、神话和传说之间的交互一直处于动态变化之中，不断有新的发现改变着我们的想象认知。

❖ 其他日耳曼传说 ❖

最后，在解读北欧神话之时，我们也会用到中世纪早期日耳曼世界的类似传说。盎格鲁–撒克逊人崇拜的神明和北欧诸神名称相似——提尔（Tiw），沃顿（Woden），图诺（Thunor），弗丽格（Fricg），相当于斯堪的纳维亚语系中的提尔（Týr），奥丁（Óðinn），索尔（Þórr）和弗丽嘉（Frigg）。一个星期中星期二（Tuesday），星期三（Wednesday），星期四（Thursday），星期五（Friday）的称呼就是用这些神明的名字来命名的。在古英语的文献中，绝少提到这些神明。有一处是在智慧诗中，把基督的救赎之力和制造偶像的沃顿进行对比。另一处是在《九种药草之咒》中，里面提到沃顿用九种"光荣木"（九根树枝三个一组，互相成六十度排布，如此构成的形状中包含了所有卢恩符文。——译者注）抽打蟒蛇。在现存的少量古高地德语文献中，还有一些其他咒语，里面提到了和北欧诸神姓名相似的神明。

这些来自邻近文化的只言片语，既没有斯诺里的《小埃达》的详尽阐释，也没有埃达诗歌故事的清晰逻辑，相比之下，它们极为神秘难解。盎格鲁–撒克逊教会无意保存前基督信仰，并且长期垄断文字书写，以致关于异教过去的故事宝藏全部流失了。就算是在盎格鲁–撒克逊人的本土德国大陆，神话资料也没能幸存下来——英国传教士勤于在此拯救灵魂，摧毁了异教徒的避难所。英雄传说稍好一些，在两种语言中都有保存。我们将会借助古英语史诗《贝奥武甫》和《提奥》，以及德语的《尼伯龙根之歌》来阐明斯堪的纳维亚的英雄传说。

1

男女诸神

❖ 北欧神祇 ❖

　　北欧诸神分为两个神族，最主要的是阿萨神族，另一个更加神秘的族群是华纳神族。两个神族都有男女成员，但阿萨神族的女性神明被称为阿萨尼尔，华纳神族对女神却没有专门的称呼。这或许是因为，我们只知道一个华纳神族的女神，就是弗蕾亚。阿萨（Æsir）是 Áss 的复数形式，意思是"神"；当这个词被单独使用，写作 the Áss 的时候，一般指的是索尔。

❖ 阿萨神族 ❖

　　奥丁是诸神的领导者，他的名字意为"发怒者"。有时，他也被称

奥丁

- 阿萨神族的领导者，独眼，络腮胡，年老。
- 智慧之神，魔法之神，战争之神，王权之神；受到上层社会的崇拜；挑选亡灵者。
- 特征：永恒之枪昆古尼尔。
- 宫殿：主要住在瓦尔哈拉（英灵殿），也拥有其他一些宫殿，包括格拉兹海姆（金宫）和白银之厅——殿中有至高王座希利德斯凯拉夫，可以让他俯瞰所有世界。
- 出行：骑乘八足天马斯莱普尼尔，不过常常乔装步行游历。
- 灵兽：两只渡鸦（胡金和穆宁，"思维"和"记忆"）；两头狼（基利和弗力奇，"贪欲"和"暴食"）。
- 娶弗丽嘉为妻，有多个巨人和人类情人。后裔有索尔、巴德尔、维达、瓦利、霍德尔。
- 在丹麦备受尊奉。

作"众神之父",但这种叫法并不常见。他是战争之神,不过和弗雷有所不同,他更多地是一位谋士而非战士。他向选中的英雄传授高效的战斗阵形,包括形似猪鼻的楔形阵。奥丁在人间挑起征战,借此考察谁才有资格进入他的英灵殿瓦尔哈拉,成为英灵战士,在诸神的黄昏之时与神明并肩作战。他可以决定战争的胜负,也可以通过永恒之枪赋予人刀枪不入之力。不过有时候他并不亲自决定胜败的归属,而是派女武神前去代为掌控。

18 世纪冰岛手抄本中的奥丁,独眼,肩上栖着两只渡鸦,手持永恒之枪昆古尼尔。

　　奥丁也是智慧之神。不管哪里藏有智慧,他都会前去找寻。他向密弥尔之泉献出了一只眼睛,以此来获取密藏的知识。他把自己吊在世界之树上,只为换来卢恩符文。这套文字成了日耳曼语的书写系统,让神明和人类都能够记载自己的知识,以遗后世。

瓦尔基里

　　瓦尔基里是驻守瓦尔哈拉的女武神。她们负责为住在这里的英灵战士们奉上美酒佳酿。她们还有另一个任务，就是骑马前往战场，分派胜败的归属。她们的名号，瓦尔基里，意即"挑选亡灵者"。有时奥丁会告知她们谁将是胜者，有时她们会自行决定，然后带上失败者一同返回瓦尔哈拉。面对成为优秀（亡灵）战士的邀请，并不是所有的国王都会欣喜若狂，有些人更愿意继续统治俗世。有一首缅怀挪威国王哈康的诗，说他总是愁容满面，即便被史上最伟大的英雄接往瓦尔哈拉，依然闷闷不乐。女武神布伦希尔德违反了命令，私自把胜利许给了更为年轻英俊的战士，因此受到了奥丁的惩罚。有些人类女子也会拿起盾牌，投身女武神的生活。这样，她们就可以挑选一位英雄作为丈夫，而不用嫁给自己不喜欢的求婚者，我们将在第4章中看到这样的例子。

飞翔的女武神，斯蒂芬·辛丁雕刻（1910）。

奥丁把自己吊在世界之树上，W.G.柯林伍德为利弗·
布雷1908年版《老埃达》英译本所作的插图。

我知道自己吊在狂风飘摇的树上
整整九夜之久，
我被长矛刺伤，献祭给奥丁，
把自己献给自己，
我所凭依的那棵大树，无人知道
它的根伸向何方。

无人予我面包果腹，连一角杯酒水也没有，
我吊在树上向下俯瞰；
我获得了卢恩符文，在尖叫中我将其掌握，

然后从高处跌落地面。

——《高人的箴言》，第138—139节

奥丁还知道许多其他咒语，功用五花八门：复活死者，熄灭火焰，召唤风暴。他在《高人的箴言》中列举出了十八条咒语，但拒绝透露最后一条是什么——他说，他不会把这个秘密告诉任何女人，除非是他自己的爱人或姐妹。由于并无证据表明他有一个姐妹，他和情人们的关系也不怎么友善，这个秘密可能永远也不会被揭开了。

奥丁最关心的事情之一就是诸神的黄昏，他竭尽全力探寻有关世界末日的信息。为此，他在神界和人界四处走访（参见第5章和第6章）。儿子巴德尔死后，他知道这是一个重要的征兆，昭示着世界末日即将来临，但他仍怀有希望，试图想出办法，让预示灾难的卜辞落空。他还擅长另外一种人所不齿的魔法赛德（参见第2章，56页）。我们并不清楚它的具体内容，但施展这种魔法的人似乎以女性居多。如果男性要施展这种魔法，他就得换上女装，这在北欧文化中一直都是件丢脸的事情。实际上，在《洛基的吵骂》一诗中，奥丁和洛基就对此有过争论。奥丁指责洛基化身奶牛过了八个冬天，像女人一样在地下孕育后代。洛基则回敬，自己同母异父的兄弟居然在舍姆塞岛（即现在的萨姆索岛，位于瑞典和丹麦之间）施展赛德，"擂起鼓来像巫婆一样"。弗丽嘉赶紧打断了两位神明的争执，叫他们不要在众目睽睽之下翻出这些陈年秘事。

奥丁也是君王的守护神。我们将在第4章中看到，奥丁是如何干预凡人君王和英雄的。他热衷于把自己的宠儿推上王位，也希望他们治国有方。与此同时，他还负责选拔出最杰出的英雄，将他们聚集在瓦尔哈拉，为此他也掌控着君王和英雄的死亡。当他行使这一职能的时候，常常让人们认为自己遭到了神明的背弃。在一些诗歌中，抵达英灵殿的勇士们会责备奥丁，"公正无误地"声讨他背信弃义。

卢恩符文

卢恩符文是日耳曼语的书写体系。在罗马字母随着基督教进入北欧之前，日耳曼人使用的就是卢恩符文。卢恩符文产生于 1 世纪初，可能源自莱茵河流域，基于某个版本的罗马字母衍生而出。这些字母适于雕刻，人们可以轻易地把它们刻在石头或木头这类坚硬的表面上。早先的 futhark 字母表（由字母表的前六个字母命名）由 24 或 25 个字母组成。8 世纪晚期，斯堪的纳维亚人把它简化为新版的 futhark 字母表。后来的这套字母表只包含 16 个字母，现存的卢恩符文碑铭主要都是用它写就的。卢恩符文字母各自代表一个音节，如 "b" 或 "th"，不过，每个卢恩符文还有自己的名字，例如，"f" 的称呼就是 fé（金钱财产）。在北欧神话中，卢恩符文具有魔法力量，奥丁就是用它魅惑了公主琳达（参见第 6 章）。英雄史诗中提到，有些病人由于雕刻了错误的治愈符文，反而使得病情加重了。

f u t h a r k g w

h n i j A ï p R/zs

t b e m l n g d o

老版的 futhark 字母表

雷神索尔驾着山羊拉的战车，挥起锤子打击巨人。温格绘（1872）。

索尔的主要职责是保卫神之疆域，抵御巨人的破坏。他大部分时间都在东边游历，挥舞着强有力的雷神之锤征讨男女巨人。在诸神之中，他与人类的关系尤为紧密。他有两名人类随从，少年叫作提亚尔菲，少女名叫萝丝昆娃。索尔探险之时常常与洛基为伴，就算洛基有巨人的血缘，索尔也没有对他多加提防。在诸神的黄昏之时，洛基的子嗣，中庭巨蟒将从海中崛起，与索尔对决。就像奥丁早早就开始探索诸神的黄昏是否可以避免，索尔也和中庭巨蟒提前有过交锋（完整的故事参见第 3 章）。

关于海姆达尔，我们所知不多。他是诸神的守望者，一直警戒着

索尔

- 红色络腮胡，巨人的克星。脾气暴躁，头脑平平。天气之神，航海之神（冰岛地区），稼穑之神；受到农民的崇拜。
- 特征：雷神之锤妙尔尼尔，铁手套，神力腰带。
- 宫殿：斯罗德海姆（力量之源）；毕尔斯基尼尔（有540扇门）。
- 出行：乘坐山羊拉的战车。
- 灵兽：两头山羊坦格乔斯特（咬牙者）和坦格里斯尼尔（磨牙者）。这两头山羊可以被杀来吃肉，第二天早上又原样复活。
- 妻子是金发女神希芙；约德（意为大地，女巨人）和奥丁之子。
- 子嗣：二子玛格尼和摩迪，还有一女斯罗德。有一首诗讲到，索尔回到家中，发现自己的女儿和一名丑陋的侏儒订了婚。索尔便用遗闻轶事来考验侏儒埃尔维斯（意为全知）的智慧，一直考到太阳升起，侏儒化作了石头。
- 在挪威和冰岛是最重要的神明。

敌人的动静。在诸神的黄昏之时，他会吹响自己巨大的号角。不知为何，他的听力和奥丁的一只眼睛一样，也失落在密弥尔之泉中。不过，这并不妨碍他继续担当哨兵，因为他的听力极为敏锐，连绵羊背上羊毛生长的声音都能听见。人类的社会阶层也是由他建立的。《里格的赞歌》讲述了海姆达尔化名为里格（爱尔兰语的"国王"）穿行在人类世界的经历。他先后到访三户人家：一户是贫农的茅屋，一户是富饶的农舍，还有一户是华丽的厅堂。在每一户人家，他都受到了主人的邀请，进屋享用佳肴款待，留宿三晚，每晚都睡在主人的床上，并睡在夫妇二人中间。之后，每家的女主人都生下了一个孩子。贫农夫妇的孩子叫萨尔；他样貌丑陋，但身强力壮，命中注定要从事体力劳动。富农夫妇的孩子叫卡尔；他成长为一名能干的自耕农，耕种着自己私

拿着加拉尔号角的海姆达尔。当他把号角吹响时，即是
警示着诸神的黄昏的来临。来自 18 世纪的冰岛手抄本。

海姆达尔

- 被称为白神，满口金牙。
- 诸神的守望者，坐在神域的边缘。他的背上总是沾染着从世
  界之树上落下的泥土。
- 世界之树的树根下，有一口密弥尔之泉，他的听力就藏在
  泉里。
- 特征：巨大的加拉尔号角。号角吹响之时，便是诸神的黄昏
  开启之日。
- 宫殿：希敏约格（天卫之宫）。
- 灵兽：骏马古尔托普（金鬃毛）。
- 有九个母亲，她们是九姐妹。他曾经以海豹的形态对抗洛基；
  两人注定在诸神的黄昏之时再度成为对手（参见第 6 章）。

光芒四射的巴德尔相信自己不会受伤，于是容许诸神向他投射
各种武器。画面右侧，洛基笼着兜帽，将一枝槲寄生塞到盲眼的
霍德尔手里（第6章）。埃尔默·博伊德·史密斯绘（1902）。

巴德尔

- 诸神中最美好最光明者，周身散发光芒。
- 拥有非同寻常的金色睫毛。
- 英年早逝，将在诸神的黄昏之后重返世间。
- 宫殿：布列达布利克（意为视野宽广）（通常译为"光明宫"，这里作者采用了另一种解释。——译者注）。
- 妻子是南娜，与他共赴冥界。

有的土地。富人夫妇的孩子叫雅尔（Jarl，斯堪的纳维亚语中的"领主"——译者注）或厄尔（Earl，由 Jarl 衍生而来，在英国贵族体系中译为"伯爵"——译者注）；他成了一名出色的年轻贵族。雅尔最小的儿子被称为"年轻的库恩"（Konr ungr），这个短语的意思是国王（konungr）。库恩长大后，里格再次来访，向他传授卢恩符文的知识。当这首诗讲到库恩前去征战、夺取疆土的时候，就戛然而止了。

巴德尔在北欧神话中出场不多，只有他的死被详加记叙。第6章中讲述了他是如何被谋杀的。在所有神明中，他的血统最为高贵。在他被杀之前，噩梦开始侵扰他的睡眠。他的父母双双着手应对此事，可他仍被亲兄弟失手误杀。在他的葬礼上，他的妻子也悲伤而死。预言说，他会在诸神的黄昏之后，重返诸神的殿堂。对于奥丁来说，这一信息至关重要，因为他由此获得了希望，期盼某些神明将重返世间，再创全新世界。

洛基总是立场尴尬，暧昧不明，这是因为他的父母分别来自不同的种族，导致他效忠的对象总是含混不清。他是奥丁的亲兄弟，至高之神曾经发誓，若洛基不得美酒，他自己绝不独饮。洛基总是让其他神明陷入麻烦之中，结果往往还得帮他们解决问题。在《洛基的吵骂》一诗中，他自吹自擂，揭示了自己在巴德尔之死中所扮演的角色。至此，他的好运终于到头。他被诸神抓了起来，用铁链禁锢，直到诸神的黄昏才获得自由。在那一日，他将把最终的忠诚献给巨人，和他们一起向诸神发动进攻。洛基的母亲似乎是一位女神，而他的父亲则是巨人，这样的婚配与神界通行的规则正好相反。他和一个女巨人有过情事，生下了数个魔物后裔。他的性别也游移不定：他是八足天马斯莱普尼尔的母亲（参见第3章）；他吃下了一颗半熟的女性心脏，因此怀上了身孕；还有，如奥丁所称，他似乎曾化作女子，在地下度过了八个冬天。

洛基和他发明的渔网，来自 18 世纪冰岛手抄本。
诸神正是用这样的渔网逮住了洛基（第 6 章）。

洛基

- 女神和巨人之子。英俊潇洒，但性格恶劣，行为也捉摸不定。极为狡黠，性别多变。

- 娶西格恩为妻，育有二子。斯诺里称他们的名字分别是瓦利和纳尔，也称纳菲，《老埃达》中称他们为纳尔和纳菲。他和女巨人安格尔波达生下了三只洪荒巨兽：魔狼芬里尔；中庭巨蟒；冥界女神海拉。他也是斯莱普尼尔——奥丁的八足天马——的母亲（参见第 3 章）。

❖ 华纳神族 ❖

华纳神族是诸神之中重要的一族。他们加入阿萨神族的过程将在第 2 章中进行讲述。在华纳神族中，知名的神祇有四位：尼奥尔德和他的两个孩子——弗雷和弗蕾亚，他们住在神域阿斯加德；还有克瓦希尔，诸神之中最睿智的一位，他的一生跌宕起伏（参见第 3 章）。

尼奥尔德把风从袋子里释放出来，出自 17 世纪冰岛手抄本。

尼奥尔德

- 华纳神族的一员，海神。
- 掌管渔民、出海和捕鱼。
- 可以平息风暴。
- 特征：双足格外洁净。不喜山岭。
- 和女巨人丝卡蒂做过夫妻。育有弗雷和弗蕾亚，其生母可能是他的姐妹。

尼奥尔德之所以为人熟知，主要是因为他和女巨人丝卡蒂失败的婚姻（参见第 3 章）。他曾和姐妹乱伦，生下弗雷和弗蕾亚，这段关系似乎并未受到华纳神族的阻拦。但他的女儿却因为与亲兄弟发生关系而遭人诟病，还被人指责与许多其他男子有染。尼奥尔德这个名字和那瑟斯共享一个词根。那瑟斯是一位非常古老的日耳曼女神，罗马历史学家塔西佗曾在公元 98 年对她有所记载。在北上的过程中，尼奥尔德显然是换了个性别，不过考古学家找到了斯堪的纳维亚铁器时代晚期木像崇拜的证据，其中有部分迹象与那瑟斯崇拜的细节相吻合。

那瑟斯，古老的日耳曼神祇

据塔西佗所说，那瑟斯是伦巴底人的大地女神。伦巴底人是日耳曼人的一支，生活在意大利北部。那瑟斯住在一个湖中小岛上，居于圣林之中。岛上有一辆神圣的战车，只有那瑟斯的祭司才有权触碰。战车四面被帷幕环绕，女神有时会在帐幔背后显出身形。每到此时，祭司就会用牛拉起战车，在人群间巡游，让女神降临到信徒之中。当女神出行之时，人们不可进行任何打斗征战，和平和幸福突现人间。女神返回之后，奴隶们会在圣湖里清洗战车和牛，或许还有女神自己。清洗完之后，这些奴隶就被溺死在圣湖中。塔西佗写道，这是一个"神秘恐怖的地方"。

那瑟斯被祭司们带到人群之中。埃米尔·多普勒绘（1905）。

弗雷和他的野猪古林布斯特（金鬃毛）。约翰内斯·盖尔茨绘（1901）。

弗雷

- 华纳神族的一员。仪表堂堂。他被称为战争领袖，但在瑞典主要司掌庄稼、天气和收成。
- 特征：由于把自己的宝剑送给了别人，在诸神的黄昏时不得不手持鹿角作战。
- 宫殿：亚夫海姆（精灵国度）。
- 出行：乘坐一艘侏儒打造的可以折叠的船，名唤斯基德布拉德尼尔。
- 灵兽：野猪古林布斯特（金鬃毛）。
- 娶女巨人吉尔达为妻（或仅为情人关系）。育有一子弗尤尼尔。和妹妹弗蕾亚或有暧昧关系。他是瑞典诸王的祖先。

弗蕾亚，美丽的金发爱神。约翰·鲍尔绘（1911）。

弗蕾亚

- 华纳神族的一员。当你遇到和情感相关的事宜，就应该向她求助。热衷于情歌。半数死者由她挑选，和奥丁职责相当。
- 特征：拥有隼羽飞行斗篷。落下的眼泪会变成金子。持有项链布里辛嘉曼。
- 宫殿：弗尔克范格（战士原野）和索克瓦贝克（沉落之岸）。
- 交通：乘坐猫拉的战车。
- 嫁给奥德尔为妻，丈夫一直出门在外。虽然如此，她明显和他人有过暧昧。她几乎招惹了所有男神，甚至连她的哥哥也在其中。

弗雷这个名字并无深意，就是"勋爵"的头衔。他身兼二职，其中之一为战争领袖。相对于他的另外一项职责，这一点鲜少被人提及。他和奥丁不同，显然更擅长亲身肉搏而非运用计谋。他被称为"诸神的将领"，也被唤作将战俘从锁链中解救出来的"勇猛的骑手"。他还掌管着兽类和田野的滋殖。作为瑞典诸王的祖先，他带来五谷丰登；人们向他献祭，祈求繁荣富饶。他曾向女巨人吉尔达求爱（参见第 3 章），这个故事常常被认为是春天太阳神照耀大地的反映。他还有一头野猪，名叫古林布斯特（金鬃毛），可以用来骑乘。

弗蕾亚这个名字意为"女爵"。这位女神最主要的职司是性爱，不过她对死者也有一定的权威。她的丈夫奥德尔出门远行，为了他的离去，弗蕾亚落泪成金。洛基曾经指责她和亲兄弟发生关系——然而，作为掌管情事的生育女神，她似乎和每个人都有过暧昧。洛基称："在座的阿萨神祇和精灵，每一位都曾是你的爱侣。"当众神将她和弗雷捉奸在床，她居然吓到放屁！她也是人类的守护神。她向女巨人希德拉提问咨询，帮助受她庇护的欧特夺回了继承权（参见第 3 章）。

弗蕾亚热爱珠宝首饰，她曾付出极大的代价，以换取美妙绝伦的布里辛嘉曼项链（参见 45 页）就是佐证。她十分喜欢这件新得的珍宝，就连睡觉也要戴着它。斯诺里称，弗蕾亚有两个女儿，名叫格尔赛蜜和赫诺丝。这两个名字都有"珍宝"之意，坐实了这位女神和黄金之间的联系。

❈ 不太重要的阿萨神祇 ❈

提尔是一位独臂的神明，他掌管着战事的胜负。他的手臂是被巨狼芬里尔咬断的，这段故事的来龙去脉将在第 3 章中有所交代。他和法律与正义也有关系，因此洛基刻薄地曲解了他的生理缺陷，说他

"偏袒一边"。关于他再无更多记载。他的母亲显然是一位阿萨女神，但他的父亲却是一位极不友善的巨人。提尔这个名字把他和宙斯与朱庇特联系在了一起（源于同一词根），或许他本来是一位司掌天空的神祇。他的名字在古英语里写作 Tiw，星期二（Tuesday）就是据此得名。

盲眼的霍德尔是巴德尔的兄弟。据说，诸神们都避免提起他，因

在奥丁的注视下，提尔把手放进芬里尔嘴里。与此同时，
狼爪上的镣铐正在收紧。出自 18 世纪冰岛手抄本。

"沉默之神"维达对战芬里尔（第 6 章）。W. G. 柯林伍德绘（1908）。

为是他造成了巴德尔的死亡。他将被瓦利杀死，为巴德尔复仇。霍德尔将会在诸神的黄昏之后重生，回到光辉灿烂的世间。那时，"所有的伤痛都将被治愈"，他将和自己的兄弟一起过上平静的生活。

维达被称为沉默之神，脚上穿着一双厚底鞋。在诸神的黄昏之时，他将用到这双鞋，靠它来为父亲奥丁报仇。他会跳进魔狼芬里尔嘴里，把它的嘴撕成两半。

瓦利是为了给巴德尔复仇才诞生的。这段故事的原委将在第 6 章中讲到。

凡赛提是处理法律问题的神。他的宫殿里有最好的裁决之所，被称为格林特尼尔（光明殿）。他是巴德尔的儿子。现今，他的名字被用作冰岛总统的头衔。

乌勒尔是弓箭之神，擅长滑雪。如果你要与人对决，就应祈求他的保佑。他住在紫杉谷，这与他十分相衬，因为紫杉木是制弓的上佳材料。他是希芙的儿子，索尔的继子，但无人知晓他的生父是谁。

最后，还有诗歌之神、雄辩之神、言辞之神布拉吉，他是伊都娜的丈夫。布拉吉很有可能本是一介凡人。在最早一批名留青史的古北

乌勒尔脚踩雪橇，手持弓箭。他的弓是由
紫杉制成的。出自 18 世纪冰岛手抄本。

欧诗人中，有一位被称作老布拉吉，直到现在还能读到他的几首诗歌。
他应该是在后来被加入了诸神的行列。

❖ 阿萨尼尔（女神）❖

　　弗丽嘉是奥丁的妻子，她通晓未来将会发生的事情，只是不把自
己的所知公之于众。她的宫殿被称为芬撒里尔（雾海之宫），意味着她
亲近静止的水域。在石器时代早期，人们会把一些珍贵的物品埋在丹

麦的沼泽里，可能就是为了供奉弗丽嘉。弗丽嘉的名字在古英语里被写作 Fricg，英语中的星期五（Friday）便是以她命名。在斯堪的纳维亚之外，弗蕾亚的声名并不为人所知，因此，在盎格鲁-撒克逊英格兰，性爱和弗丽嘉紧密地联系在了一起。

希芙是索尔的妻子，拥有一头美艳超群的金发。洛基一度将她的金发盗走——偷盗的具体过程我们并不清楚，但他暗示自己曾和希芙同床共枕，或许这便给他提供了得手的机会。失去了金发，希芙泣涕涟涟，不过洛基还给她一把侏儒打造的金丝，作为替代金发的补偿。这把假发立刻生在了希芙的头上，甚至比原本的真发更加可爱。因此，"希芙的头发"成了形容黄金的比喻复合词。

伊都娜是布拉吉的妻子，她守护着能够令人永葆青春的苹果。诸神需要常常食用这些苹果，才能保持青春活力。有一次，她和她的苹果被一个狡猾的巨人拐走了（参见第 3 章），诸神很快就变得衰老虚弱。和往常一样，造成这一局面的正是洛基，他不得不凭借一贯的机敏来弥补自己的过失。

葛冯曾经伪装成漫游者，前去拜访瑞典国王古鲁菲。作为"取悦国王的奖赏"，古鲁菲许给她一片土地——大小相当于四头公牛在一日一夜间能够犁出的范围。这本该是一个面积可观的农场，但实际上，葛冯派出了她的四个巨人儿子。他们变成了公牛，二十四小时拉犁不休，最终在古鲁菲的领土上割出了一个大洞。他们留下的这个空洞如

弗丽嘉

- 最重要的女性神祇。
- 爱情和婚姻的守护神。
- 特征：知晓全部命运。据说也有一件羽毛飞行斗篷。
- 宫殿：芬撒里尔（雾海之宫）。
- 奥丁之妻，巴德尔之母。她的侍女名叫芙拉。

葛冯的巨人儿子变成了四头公牛，在葛冯的驱使下拉犁，创造了丹麦的西兰岛。安德斯·本果为哥本哈根的喷泉创作的雕像，铸造于1897—1899年。

今成了瑞典的第三大湖——梅拉伦湖，被他们拖走的土地则形成了丹麦的西兰岛，是哥本哈根现在的所在地。斯诺里说，葛冯是一个处女，也是处女的守护神，但这和她有四个巨人儿子的说法对不上号。据说葛冯拥有和弗丽嘉相同的神力，也知晓全部的命运。

　　女巨人丝卡蒂具有战士之能，是狩猎和滑雪之神。她的宫殿叫作索列姆海姆（索列姆之家——索列姆是一个巨人），是她的父亲夏基传给她的。

　　夏基死于诸神之手后，丝卡蒂全副武装、剑拔弩张地冲进阿斯加德，为他的死索要赔偿（参见第3章）。当此情形，诸神好言相劝，使她同意选一位神明当丈夫作为补偿。不过也有一个条件：当她选择的时候，所有候选人都要藏身在帐幕之后，只露出脚来。她最终选择了海神尼奥尔德，显然是因为他的脚格外洁白干净。丝卡蒂不太高兴，因为她本来打算把巴德尔赢回家。然而，在洛基的劝慰下，丝卡蒂表示愿意接受现实，只要洛基能把她逗笑。丝卡蒂满脸愁容，无心玩笑，

丝卡蒂住在山间，踩着雪橇打猎。"H.L.M."绘（1901）。

但架不住洛基找来了一头山羊，把它的胡子系在了自己的睾丸上。洛基和山羊分向两头拉扯，"双方都发出了惊天惨叫"，斯诺里写道。洛基跌坐在丝卡蒂的大腿上，终于把她逗笑了。虽然这场带有色情意味的滑稽表演实现了其目的，但我们将会看到，丝卡蒂和尼奥尔德的婚姻并不幸福。

芙拉是弗丽嘉的侍女，秀发披肩，负责为女神掌管鞋子。芙拉是一位古老的女神；在一段 10 世纪的古高地德语咒语中，就已经出现了她的名字。

既然我们已经介绍了所有的神明，现在就来看看有他们出场的神话吧。在下一章中，我们将从时间的开端谈起，讲述诸神的源起和世界的创造。

诸神之咒

在被称为"梅泽堡咒语之二"的咒语中，出现了巴德尔、沃顿、弗丽嘉和芙拉的名字。咒语还提到了几个不知名的形象：菲尔、辛斯加特和苏娜。菲尔和沃顿正骑马前往树林，这时巴德尔的马扭伤了脚。女神和沃顿一起对马施咒，让"骨与骨，血与血，关节与关节"连接在了一起。咒语不仅治好了马的脚，字里行间还暗示，同样一段咒语对其他生物也可以起到治疗效果。这段短短的故事包含了人们对神话的记忆，让我们在现今仍可追想诸神咒到病除的灵验事迹。

弗丽嘉、她的侍女、巴德尔和奥丁一起照料
巴德尔受伤的马。埃米尔·多普勒绘（1905）。

2

创造世界

❖ 开天辟地 ❖

初始之时生活着巨人伊米尔，

沙砾不存海洋不在，遑论清凉波涛；

脚下没有土地头顶没有天空，

只有一道混沌的鸿沟，无处生芳草。

布尔的儿子让大地升起，

造就了光辉的米德加德。

——《女占卜者的预言》，第3—4节

　　在世界初创之前，除了深渊金伦加鸿沟，一无所有。想要在这样一片空无之中创造世界并不容易。创世神必须足智多谋，能够凭空造出世界；他们还需要有足够的物资，让他们能够建设自己所创造的世界。犹太—基督教的上帝通过圣言造出了世界。当他下令"要有光"，便有了光，后来的创世进程也被他的言语所推动。在有些创世神话中，给世界赋予生命的是女性神祇；天空和大地连成一片，从这混沌中生出万物。在北欧至少流传着三个创世神话；每个版本的故事都有所不同，代表了流传过程中不同的想象方式。前文引用的版本声称，布尔的儿子们（奥丁和两兄弟威利、菲）从金伦加鸿沟中召唤出了大地。《女占卜者的预言》后面的诗行写道：嶙峋的大地上长出郁郁青葱（葱被认为是瑞草），塑造世界的任务似乎就此结束。

　　基于中世纪的科学理论，斯诺里给出了自己的诠释。他说创世始于两种极端事物的融合。他告诉我们，金伦加鸿沟位于北方：艾利沃格斯河里流淌着毒液，毒液凝固成冰霜，造就了这道冰封的深渊。火焰之国穆斯贝尔海姆位于南方，是火焰巨人苏尔特尔的领土。当火星从穆斯贝尔海姆升腾而起，落在金伦加鸿沟的冰霜之上时，霜雪便开始消融。火焰的干燥与热力和冰霜的寒冷湿润结合在一起，由此产生了生命，化成了一个男性。他的名字是奥格米尔，也就是伊米尔，冰霜巨人的始祖。他在熟睡之中淌下汗水，于是一男一女两个人类从他的腋下蹦了出来。从他的双脚中也生出了两个后代，他们成了第一代巨人。

上面的故事并没有说清大地的由来：到底大地是被布尔的儿子们从深渊中召唤出来的，还是他们跳下深渊把它抬了上来呢？然而，北欧传说还提供了第二种创世的方法，一种涉及暴力和肢解的创世方式。布尔的儿子们按住了冰霜巨人伊米尔，杀死了他，用他的肢体创造了世界的各个部分。《格里姆尼尔之歌》中写道：

布尔的儿子们从原初之渊中举起大地，创造了世界。

劳伦斯·弗洛里希绘（1895）。

初始母牛欧德姆布拉从冰中将布尔舔舐而出。出自18世纪冰岛手抄本。

巨型母牛

一头唤作欧德姆布拉的巨型母牛从冰中出现，它用奶水滋养伊米尔。它会舔舐被冰雪覆盖的岩石，以此获取盐分。它舔着舔着，里面现出了一个男人的形象，他英俊而强壮，名叫布里。布里生下博尔（布尔的另一个名字），博尔生下了奥丁和他的兄弟，威利和菲。欧德姆布拉后来有何遭遇，我们不得而知。或许它四处周游去了，在新出现的大地上啃食生发的嫩草。欧德姆布拉可能留下了一些后裔，因为后来有故事提到圣牛，它们对前基督教时期的国王们至关重要。

（众神）用伊米尔的肉体造出大地，

将他的鲜血化作海洋，

以白骨为山毛发为草木，

把他的颅骨变成了天穹。

体贴的众神用巨人的眼睫毛，

为人类的子孙造出米德加德；

沉郁的阴云全都由他的脑子

蕴化而出。

——《格里姆尼尔之歌》，第40—41节

　　人类生活的世界（米德加德，"中庭"）就是由死者的躯体筑成的，其过程充满残暴，完全是男性化的创造行为。北欧神话主要是从阿萨——即男性神祇——的视角书写的。在创世的过程中，他们攫取了赋予生命、滋生繁衍的力量，而这些力量通常属于女性所有。这些男神又和女性不同，不能从自身生产出创世所需的材料，因此他们不得不就地取材。他们将攻击性编织进世界的本质，给人类与神明带来了暴力，并对此予以肯定。我们并不清楚这个版本的创世神话是否更加古老，也不知道它是不是石器时代早期甚或维京时期连年战争的文化产物，但《女占卜者的预言》中重述的创造过程更加和平（也许依然专属于男性），大地是从海中升起的，这或许有着重大的意义。现今，人们认为《女占卜者的预言》创作于1000年左右，那时基督教的思想已经深深地渗入了北欧神话的思想之中。

❈ 界定时间 ❈

世界始创，天地初分，诸神开始规划天体的运行。太阳、月亮和星辰似乎已经成形，但还没有人给它们指定天空中的星轨。神明们肃穆地聚集在一起，将时间划分开来：

> （诸神）把名字赋予夜晚和她的子女，
>
> 早晨和中午也获得了称呼，
>
> 还有下午和晚上，日日夜夜便成了年。
>
> ——《女占卜者的预言》，第 6 节，5—10 行

对于太阳和月亮，人们有着不尽相同的想象。有种传说讲到，它们之所以在天空中疾驰而过，是因为有两头恶狼在沿着轨道追赶它们；这两头狼可能是巨狼芬里尔的化身，将在诸神的黄昏之时追上日月并

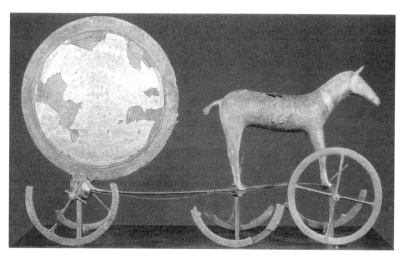

青铜时代的太阳战车模型，可以追溯到公元
前 1800—前 1600 年。来自丹麦特隆赫姆。

将它们吞噬。在另一种传说里，这些天体都是由战车载着划过天际。两名驭者分别以日夜为名，驾车的天马名叫斯基法克西（光鬃）和赫利姆法克（霜鬃）。诸神定下了时序，便要承受此前未能预料的后果。过去、现在和未来的出现带来了不确定性和诸神一些权力的丧失。这是因为，诸神只是冰霜巨人第三、四代的后裔。和他们相比，巨人们拥有更加久远的记忆，对过去也记得更加清楚，所有这些知识都被他们小心翼翼地守护着。诸神也不擅长预测未来；女占卜者和某些巨人比绝大多数阿萨神祇都更加清楚未来。尽管人们传说葛冯和弗丽嘉通晓命运，但她们从不揭示自己知道的内容。奥丁长期致力于探索未来，想要搜寻关于诸神的黄昏的具体细节，或许还想知道是否可以避免末日的到来。我们将在第 6 章中讲到他的探索。

有了循环往复的时间体系（日夜交替出现、一年到头周而复始，创造与毁灭构成了更大的循环——开天辟地、诸神的黄昏以及重生），诸神也迎来了命运的降临：个人和群体未来会有怎样的遭遇，或许有人可以事先预见，却无法阻止事情的发生。诸神自己也受到命运的支配，必须服从它的法则。

三位命运女神

在世界之树尤克特拉希尔树下，坐落着一座宫殿，也有说是一口泉眼（还有人把它设想为泉眼之畔的一座宫殿）。这里居住着三位命运女神：乌尔德、薇儿丹蒂和诗寇蒂。据说，她们会切削木片，在上面刻下众生的命运。乌尔德这个名字十分古老，和 wyrd 有所关联。这个词是古英语中的"命运"，在现代英语中演变为 weird。薇儿丹蒂代表着现在，因为她的名字就是一个现在分词（成为），而诗寇蒂（将是）似乎和未来有关。我们将在第 4 章和第 5 章中看到，坚忍地接受命运是英雄们完成宿命的必由之路。

北欧神话中的宇宙图景。世界之树穿过簇拥在树根周围的阿斯加德、人界、巨人之国和冥界而向上生长。出自帕西主教的《北欧旧事》(1847)。

❖ 神话地理 ❖

时间和空间被确定之后，我们就能描述北欧神话宇宙的地理环境了。世界之树尤克特拉希尔位于中央。这棵巨大的梣树用它的树根——通常认为有三条——划分出世界的不同区域。

> 在尤克特拉希尔的灰烬下，
> 伸出三支树根方向各不同；
> 一支下面住着海拉，第二支下有冰霜巨人，
> 在那第三支树根下，便是人类世界。
>
> ——《格里姆尼尔之歌》第31节。

山羊海德伦站在瓦尔哈拉的屋顶上，咀嚼着世界之树的叶子。旁边放着一个容器，用来盛装从她的乳房中流出的蜜酒。出自18世纪冰岛手抄本。

在斯诺里的模型中，冥界的位置与此一致，在一支树根的下面。冥界被称为尼福尔海姆（雾之国），由洛基的女儿海拉统治。第二支树根伸入金伦加鸿沟从前的所在，即冰霜巨人的冰雪之国。然而，他用神界阿斯加德取代了人界的位置。人界被称为米德加德，意为中庭。古英语中有个词Middangeard，意为"大地"，米德加德就是从它演变而来。根据斯诺里的想象，人界处在天堂和地狱之间，这与基督教的世界观正相一致（可以与J. R. R. 托尔金的中土相比较）。尽管这些世界据称位于低于地面的树下，但神界和巨人之国也被想象成地表之上的疆域：约顿海姆（巨人之国）占据了山峦起伏的东方。阿斯加德被当成是宇宙的中心；奥丁的大殿瓦尔哈拉就在阿斯加德之中，坐落在世界之树下方。一只叫作海德伦的山羊站在屋顶上，咀嚼着桉树的树叶。从它的乳房中源源不断地流出蜜酒，供给瓦尔哈拉的住客英灵战

尤克特拉希尔树上的动物：鹰和隼栖息在树顶，四头
雄鹿分处四方，松鼠拉塔斯托克位于树根上方的左侧，
恶龙尼格霍德在下方啃咬树根。出自 18 世纪冰岛手抄本。

士们开怀畅饮。

　　海德伦并不是尤克特拉希尔树上唯一的动物。树的名字意为"恐怖者的马"，这一绰号来自奥丁自我献祭的故事（参见第 1 章）。在日耳曼人的思维里，这个比喻非常形象，就如同吊在绞刑架上的犯人仿佛是把绞刑架当成马骑在上面。在世界之树繁茂的树冠上，有四头公鹿采撷着嫩叶。在树的底下，有一窝蟒蛇在啃咬树根。一只雄鹰高踞树顶，它的双眼之间栖息着一只隼。还有一只以形象的拟声词命名的，叫作拉塔斯托克的松鼠沿着树干上下奔跑，在不同的世界之间传递消息。在那群蟒蛇之中，生活着世界上最可怕的生物，恶龙尼德霍格（恐怖的啃噬者）。有时它会展翼飞翔，穿过神话世界，带来恐怖的征兆。这些生灵齐心协力摧折着世界之树，象征着时间带来的侵蚀。世界之树象征着宇宙的中轴，万事万物都围绕着它旋转，而它的精髓每分每秒都在遭到破坏。尽管雄鹿的形象如此高贵，山羊会分泌滋养的蜜酒，但它们还是像毒蛇一样，对世界之树造成了消耗，只是没有那么显而易见罢了。

在世界之树的树冠下，还荫庇着密弥尔之泉（参见 55—56 页，本章的最后），或许它正是那口旁边住着命运女神的泉眼。闪亮的白泥从树上淌下，显然是落在了海姆达尔身上，因为我们知道洛基奚落海姆达尔"脊背肮脏"。据说，这口井里存着海姆达尔的听力和奥丁的一只眼睛。奥丁以此换取了啜饮泉水的机会。虽然诸神献出了两样重要的器官（还有一样是提尔的手，当芬里尔把它咬断之时，无疑当即将其吞下，因此再无复原的可能），但它们却近在咫尺，仍有可能物归原主。鉴于献祭的逻辑就是牺牲某些东西以换取更好更佳的奖赏，海姆达尔之所以拥有敏锐的听觉，还有奥丁过人的洞察力——不知道他的视力是不是也变好了——可能都要归功于源泉活水的力量。

除了瓦尔哈拉及其周边事物，神域中每位神祇还有各自的宫殿。

超自然的女性：诺伦和狄丝

一些超自然的女性形象都和命运有关。诺伦女神的职能各不相同：有些充满敌意；有些会帮助产妇分娩；有些为新生儿定下命运。英雄们常在临死之时说起"诺伦女神的裁决"，意识到自己大限将至。狄丝则是一群幽魂，她们被认为是女性先祖的魂灵，会把死亡带给君主和英雄。在一则冰岛故事中，年轻的男主人公被警告不要在某天晚上踏进农场，但他还是去了。他看到九个穿着深色衣服的女人和九个穿着白色衣服的女人飘在空中，分别象征着旧式信仰和新的基督教信仰。他想返回农舍，把自己的所见所闻告诉大家，但在途中遭到了黑衣女人的袭击，挨到说完自己的经历，他就一命呜呼了。一个挪威预言家指出，那些黑衣女人就是守护这个家庭和农庄的狄丝。基督教普及之后，她们就弃别了自己的家族后裔。

诺伦三女神，决定命运的超自然女性，住在尤克特拉
希尔树下的泉眼旁边。劳伦斯·弗洛里希绘（1895）。

这些统治者们的高堂广厦很像维京时代的首领们的殿堂，瑞典的乌普萨拉古城和丹麦的莱尔都曾发掘出遗迹。甚至在格陵兰的布拉塔利德，最近还重建了红发埃里克（古诺斯语 Eiríkr hinn rauði，950—1003，又译为红胡子埃里克，维京探险家，发现了格陵兰。——译者注）的宫殿。奥丁在《格里姆尼尔之歌》中列出了十二座这样的宫殿，每一座都专属于某位神明。这些建筑的名字都包含着光明、辉煌、快乐之意，要么就关乎神明的特征：例如，弓箭之神乌勒尔住在紫杉谷；紫杉木正是制作弓箭的上佳之选。奥丁的描述让我们可以畅想神明们在宫殿里的日常生活：他们饮酒取乐、做出裁决、抚平争端、纵马驰骋。还有一件不那么吉利的事项——挑选死者，就如同现实之中，人们会为首领征召随从一样。

在巨人生活的国度之外，环绕着茫茫大海。已知的世界在海洋的边缘中止，那里卧着中庭巨蟒耶梦加得。这只庞然大物在此等待着与索尔进行终极之战。海洋深处住着海神埃吉尔，我们并不清楚他的身份，他可能是个巨人，也可能是个神明。他的妻子叫作澜，意思是

在格陵兰的布拉塔利德重建的红发埃里克的宫殿。
人们认为，北欧诸神们就住在这样的宫殿里。

"抢劫"（英语单词抢劫"ransack"开头的词根就是它）。澜索取着人类的生命。她用自己的网把人逮住，然后将他们拖到海洋深处。她和埃吉尔所生的女儿就是波涛。有时，她们只是温婉地探头张望；有时，她们变得十分危险，高耸在船只上方，想要把它们拍得粉身碎骨。

　　由于威胁船员生命的是埃吉尔的妻子和女儿，因此海洋中的死神也是女性，这和整个文化中的观念是一致的，即从女武神到狄丝，再到诺伦和冥界之主海拉，死神总是被想象成一名热情的女子。她渴慕着大限将至的男子，想让他在死后的世界里成为自己的爱人，盼望用自己致命的拥抱把他搂在怀里。既然女性能够赋予生命，她们也会站在生命的终点，等待着难逃一死的男性投入她们的臂弯。伟大的10世纪冰岛诗人埃吉尔·斯卡德拉格里姆松在其哀歌《丧子记》的最后，是这样结尾的：

　　　　如今该我面对艰辛；
　　　　奥丁仇敌的姐妹（奥丁仇敌＝芬里尔；芬里尔的姐妹＝海拉）
　　　　站在海角；

重建的 19 世纪丹麦巡防舰日德兰号，船首像雕的就是海后澜。

然而我依然心怀喜悦与希望，

无忧无怖地等待

死神海拉。

——《丧子记》，第 25 节

⚑ 创建文明 ⚑

我们上次提到诸神的时候，鸿蒙初辟，日夜刚刚有了轨道，开始在天空中穿行。要让这个全新的绿色的世界变得适宜诸神居住，还有不少工作要做：

诸神齐聚在埃达平原上，

把祭坛和神庙建得高高；

他们架起熔炉锻造珍宝，

钳子与器具也冶炼制好。

——《女占卜者的预言》，第 7 节

一旦诸神被供奉的神殿完工，他们就开始用充足的贵重金属来锻造工具。文明的萌芽或许就是出现在建造宗教中心和工厂作坊的过程中，就像在维京时代的城镇里发生的那样，例如瑞典的比尔卡和赫德比（现属于德国北部）。除此之外，阿萨神祇也会为自己打造奢侈品。完成工作之后，他们悠然享受清闲时光：

> 他们在草地上下棋自娱，尽情欢乐，
>
> 永无缺乏黄金的忧虑。
>
> 直到三个女巨人到来，
>
> 孔武有力的她们出身巨人国。
>
> ——《女占卜者的预言》，第8节

请记住这里提到的棋子——后来它们具有了重大的意义。"直到"一词至关重要，却又扑朔迷离：女巨人一来，诸神就召开紧急会议，决定创造侏儒，希望可以应对突然出现的黄金短缺。这是因为侏儒生活在地下；他们在地底制作出种种黄金珍玩，让诸神垂涎不已，情愿

托尔金笔下的侏儒姓名

在 J. R. R. 托尔金的《霍比特人》中，矮人们的名字绝大多数都是从《女占卜者的预言》中选取的：德瓦林，欧音和葛罗音，菲力和奇力，朵力，诺力和欧力，毕佛，波佛和庞伯。在比尔博的霍比特人茶话会上，席间的宾客涵盖了上述全部姓名。霍比特人的首领，索林·橡木盾被光荣地赋予了双重侏儒姓名。都灵和索恩也都是传统的北欧侏儒姓名，可以追溯到侏儒的祖先那里。甘道夫这个名字也在诗里出现过，并且是作为侏儒的姓名。由于它的意思是"精灵魔杖"，托尔金感觉这个名字更适合巫师：灰袍甘道夫。

侏儒锻造雷神之锤。在画面的前景里，还可以看到奥丁的永恒之枪昆古尼尔、
野猪古林布斯特、神船斯基德布拉德尼尔和指环德罗普尼尔。索尔注视着
锻造的过程，露出赞许的神情。埃尔默·博伊德·史密斯绘（1902）。

为之付出大笔酬劳。这三个女巨人到底做了什么，才会导致黄金突然
短缺？她们是否通过棋局赢走了黄金？是否有人怒气上涌掀翻了棋盘，
从而弄丢了棋子？女巨人丝卡蒂可以冲进阿斯加德，为父亲夏基的死
索要赔偿，那么，这些女巨人也同样可以为先祖伊米尔之死索赔。无
论如何，至少有一件事是可以确定的：在她们抵达之后，黄金时代就
终结了。

　　诸神迅速造出了侏儒——斯诺里告诉我们，他们就像肉中的蛆虫
一样，在大地上加速生长。这个比喻虽然恶心，但是很形象。他还从
《女占卜者的预言》中摘取了所有侏儒的姓名，并把它们一一列出。

　　侏儒要么生活在地底，要么生活在岩石之中。他们辛勤地锻造金
属，制作出种种珍宝。诸神的至宝之中，有好几样都是侏儒打造的：
如弗雷那艘可以折叠的船斯基德布拉德尼尔，洛基盗走希芙的金发后
赔给她的金丝假发，奥丁的永恒之枪昆古尼尔。它们都是两个侏儒兄

来自丹麦斯纳普通洛基人面石刻（1000 年）。可以
清楚地看到，洛基的嘴唇上有针线贯穿的痕迹。

弟，伊瓦尔的两个儿子制造的。另一个侏儒勃洛克和洛基打赌，声称
他们兄弟俩可以打造出三样同等珍贵的宝物；若是他们赢了，洛基就
要给出项上人头。这场比拼难分高下，勃洛克和他的兄弟确实创作出
了三件宝贝：金鬃野猪古林布斯特，它成了弗雷的坐骑（由此照顾了
华纳神族的利益）；黄金指环德罗普尼尔，每隔八夜就会自我复制出八
个同等重量的金戒指（献给了奥丁）；索尔的雷神之锤妙尔尼尔。洛
基费尽心机想要干扰锻造的过程。他把自己变成了一只嘤嗡作响的马
蝇，冲着侏儒工匠又叮又咬。他们一直坚持，不去理会这只萦绕不去
的害虫，可在打造最后一件作品的时候，终于还是失败了。虽然只分
神了一瞬间，却足以造成缺陷，使得雷神之锤的锤柄短了一点点。尽
管如此，诸神依然认为，雷神之锤确是一柄消灭巨人的神器，裁判勃
洛克赢得赌局，洛基应当交出自己的头颅。然而，这位狡黠的神明逃
脱了必死的命运——他讲明，勃洛克可以取走他的头，但不能碰到他

弗蕾亚发现侏儒们正在锻造布里辛嘉曼项链。路易斯·于阿尔绘（1891）。

的脖子。就算像侏儒一样心灵手巧，也没法满足这种条件，洛基因此免于一死。但勃洛克还是换了一种方式惩罚洛基。他把洛基的嘴缝了起来，这样洛基就不能继续花言巧语了。从此之后，洛基的嘴巴就歪了。考虑到他的绰号就是"毒舌坏嘴之神"，如此一番形象真算得上相得益彰。

另一则非常晚近的故事（可以追溯到 14 世纪）讲述了弗蕾亚获得人人争羡的珍宝——布里辛嘉曼（闪亮的项链）——的过程，其中还提到弗蕾亚是奥丁的情人。这天，弗蕾亚路过侏儒们居住的岩石，看石门没有关上，便走了进去。石头里有四个侏儒，德瓦林也在其中（见其他资料）；他们正在打造一条精美绝伦的金项链。讲故事的人说："弗蕾亚十分中意项链的样式，而侏儒们十分中意弗蕾亚的模样。"女神提出用大笔金银交换布里辛嘉曼，但侏儒们咬死了价码，要求弗蕾亚必须陪他们每人共度一夜。弗蕾亚勉强同意了。四夜过后，项链便归她所有。

奥丁派洛基去为他偷来这件宝贝。弗蕾亚的闺房密不透风，洛基变成一只嗡嗡叫的苍蝇，这才飞了进去。弗蕾亚正在睡觉，脖子上还戴着她的新首饰，搭扣正好被压在了身子下面。于是，洛基变成了一只跳蚤，控制好力道咬了她一口，恰巧能让她翻个身，却又不把她弄醒。弗蕾亚在睡梦中换了个姿势，布里辛嘉曼立刻落入了洛基手中，随后被交给了奥丁。弗蕾亚去找奥丁告状，抱怨有人偷走了她的项链，紧锁的闺房（显然是一种性暗示）遭到了入侵。奥丁答应把项链还给她，只不过有一个条件：弗蕾亚必须挑起两军之间永恒的冲突，也就是传说中的赫定人之战，这个故事会在第 5 章中讲到。弗蕾亚答应了，项链回到了她的手中。这个晚近的故事结合了两个古老的传说——洛基盗取布里辛嘉曼和赫定人之战，并把它们融入了基督化的崭新框架之中。本来这场战争会永远进行下去，直到诸神的黄昏方能结束，因为死去的战士会在每天晚上被希尔德公主（意为"战争"）复活。然而，在这个版本里，奥丁预言，伟大的基督教国王挪威王奥拉夫一世将会终结此战。他将前往奥克尼群岛，为这场争端画上句号。

✦ 最伟大的铁匠 ✦

侏儒们技艺高超，锻造出了种种魔法珍宝供诸神使用，但还有另外一名铁匠，虽然并非侏儒，却拥有同样神奇的技巧。他因手艺精湛而声名远播，在斯堪的纳维亚、不列颠和日耳曼都可听闻他的盛名。这名铁匠名叫伏尔隆德，在英语中写作 Wayland，德语中写作 Wieland。他的故事流传在埃达诗歌里，据说他曾经是一名"精灵王子"。伏尔隆德娶了天鹅仙女三姐妹之一为妻，并锻造了数百个戒指。相伴九个冬天之后，天鹅新娘展翅飞走了。伏尔隆德出门寻找，趁他离去之时，国王尼德乌德的人马冲进了他的住处，偷走了一枚指环。

伏尔隆德回家之后，数了数戒指，发现少了一个，以为是妻子回来了。他放松了警惕，陷入沉睡，结果被尼德乌德的部队轻松抓获。伏尔隆德被押去面见国王，俘虏眼中凶狠的神色惹恼了多疑的王后，王后下令："割断他强有力的肌腱／然后把他关在塞瓦斯塔德岛上！"（《伏尔隆德短曲》（第17节）。铁匠的故事也留存在古英语诗歌中，旁征博引的《提奥》是这样告诉我们的：

> 维兰德陷入群蟒环伺，
> 首次知晓了厄运滋味。
> 单纯的战士历尽艰险，
> 哀愁与思念常伴身边，
> 处境艰难冰冷如冬日，
> 悲伤苦痛时时现心间。
> 皆因尼德乌德相逼迫，
> 割断英雄的灵活肌腱。
>
> ——《提奥》第1节

伏尔隆德被割断了腿上的肌腱，囚禁在一个小岛上，为俘虏他的人做牛做马，打造了无数的珍宝——首饰、酒杯和武器。但是，伏尔隆德逆转了局势。国王有两个儿子，好奇心十分旺盛。他们坐船前往小岛，想看看铁匠是怎么工作的，顺便也欣赏一下珍宝。伏尔隆德让他们下次再来，来的时候不要让别人知道。等到他们再度来访时，伏尔隆德便杀了他们，并把他们的肢体器官打造成装饰品。在古诺斯语中，"颅骨"被写作 skálar，与"酒碗"一词形态相似，和现代冰岛语中的"干杯"（skál）也有接近之处：

> 他砍下了两个男孩的头，

把四肢埋在熔炉下泥土中；

曾被头发覆盖的脑袋，

镶刻上白银送给尼德乌德。

他们的眼睛被制成宝石，

送给尼德乌德奸诈的妻子；

两个孩子的牙齿

被锻打成圆圆的胸针，送给了布德维尔德。

——《伏尔隆德短曲》，第24—25节

两个男孩的姐姐布德维尔德也去拜访了伏尔隆德。她带来了一枚被她弄坏的戒指，那枚属于伏尔隆德妻子的戒指。伏尔隆德表示可以把它修好，可他一边锻造，一边拿酒把姑娘灌醉，并占有了她（原文

弗兰克之匣

弗兰克之匣是一只鲸骨雕刻的匣子，制作于公元8世纪。匣子的正面描绘了上面这段传说。画面四周装饰着卢恩符文，内容是一个谜语，谜底是匣子的材质。画面中，伏尔隆德蓄着络腮胡子，双腿微曲（因为腿上的肌腱被砍断了）。他把那杯致命的酒递给布德维尔德，她的侍女则面无表情地注视着一切。在熔炉下面，可以看到一具尸体，伏尔隆德正在用他的钳子打造珍宝。画面右边的男人显然正掐着几只鸟的脖子。他到底在做什么，英国传说和埃达故事中都没有提及。这个故事还有一个晚近的北欧散文版本《斯德雷克萨迦》。故事中说，伏尔隆德得到了兄弟的营救，帮他做出了一对翅膀，就像希腊工匠代达罗斯那样（伊卡洛斯之父，用羽毛和蜡做出了一对翅膀，结果因为太过接近太阳而融化。——译者注）。这或许解释了伏尔隆德为何突然有了飞翔的能力。

没有说明是强暴还是引诱）。布德维尔德哭着离开了小岛。不知怎么，拿回了戒指之后，伏尔隆德获得了逃脱的能力。他飞离了小岛，只在王宫稍做停留，为了与国王尼德乌德对质，向他揭露可怕的真相。在古英语史诗中，布德维尔德遭受了双重的打击，不仅是因为两个弟弟被杀，更是因为发现自己怀有身孕：

> 兄弟之死固然令人伤怀，
> 布德维尔德也遭逢不幸，
> 与之相比甚至更加可悲。
> 她清楚自己已怀上身孕，
> 该如何行动却无法决定。
>
> ——《提奥》，第 2 节

在埃达诗歌的最后，哭泣的布德维尔德向父亲吐露了心声，故事就这样结束了。后面一首萨迦讲述了伏尔隆德（这里被称为 Vélent）的回归：他带着军队杀了回来，打垮了尼德乌德，娶了布德维尔德为妻。他们的儿子后来成了著名的日耳曼英雄。在古英语史诗中，这个故事以深奥难解的叠句结尾：þæs ofereode, þisses swa mæg（那些都过去了，这件事也会一样吧）。想到过去的悲惨后来都变成了幸福，自称提奥（Deor，意为"亲爱的"或"动物"）的诗人从中为自身的艰难困境寻到了慰藉。

伏尔隆德的古英语名"维兰德"成了技艺精湛的代名词。在《贝奥武甫》中，英雄身上的锁子甲被夸耀为 Welandes geweorc（维兰德的杰作）。在南牛津郡的山脊路上，有一个新石器时代的古墓，被称为"维兰德的铁匠作坊"。当地人传说，如果你把马和一个银便士留在那里，维兰德就会帮你给它钉上马掌。

8 世纪盎格鲁－撒克逊的弗兰克之匣，匣上画着铁匠伏尔隆德。络腮胡
铁匠把一杯酒递给布德维尔德。在熔炉底下，藏着她一个兄弟的尸体。

被称为"维兰德的铁匠作坊"的新石器时
代长坟古墓，位于牛津郡的山脊路附近。

✿ 人为什么是树 ✿

　　诸神掌管着整个世界，与侏儒、巨人、精灵（关于他们，我们
所知甚少）和几头魔兽——洛基和女巨人安格尔波达的后裔——分享
着同一片天地。到目前为止，还没有人类出现；没有人崇拜诸神，也
没人向他们献上祭品。有一天，奥丁、霍尼尔和洛德尔三位神祇一起
出门散步，可能是走在海边上。他们发现了一些木头，"毫无用处的／

没有生命的阿斯克和恩布拉"。三位神明觉得自己有责任给这两段木头——梣树阿斯克和恩布拉（Embla，含义并不明确，不过有时候被认为是榆树 elm）——赋予形体。无生命的木头被赐予了成为人类所必需的要素：

> 奥丁给予呼吸，霍尼尔给予精魂，
>
> 洛德尔给予血，还有鲜活的肤色。
>
> ——《女占卜者的预言》，第 18 节

洛德尔的身份我们并不清楚，他只在这首诗里出现过。斯诺里详细地描述了三位神明慷慨大方赐给原始人类的礼赠，却没有提到造物者的姓名，只以"布尔的子孙"一语带过：

> 第一位给了他们呼吸和生命，第二位赋予他们智慧与运动能力；第三位让他们有了面容、言语、听觉和视觉；他们还获得了姓名和衣物。
>
> ——《古鲁菲被骗》，第 23 章

洛德尔有时被认为是洛基，主要是因为他们姓名相似。霍尼尔被当作人质和华纳神族做了交换（参见下文），但关于他的内容我们就只知道这些了。如此来历不明的神明居然能参与创造第一批人类，或许会令人感到惊讶，但这几位神明似乎都属于第一代神明，因此，就像奥林匹斯诸神之前的希腊神祇一样，他们的个性特征可能会随着时间被人遗忘。另外，现存的北欧神话也并不怎么关注人类。就算索尔有一对人类侍从，神明还是很少和人类打交道。只有奥丁会频频接触最优秀的人类英雄，只为用英灵战士充实瓦尔哈拉，在诸神的黄昏之时和神明并肩作战。他出现在他们面前，给出建议、提出警告，最终在

引诱者奥丁

复活节之前，奥拉夫一世驾临挪威北部的一座宫殿。宫殿中出现了一个神秘的陌生人，给他讲述旧日英雄和国王的故事，一直讲到很晚。主教建议国王及时就寝，但国王还想多听一些。等国王早上醒来，陌生人已经消失了，而国王差点就睡过头、错过弥撒。国王得知，陌生人在离开之前去过厨房。他无礼地批评了人们为复活节大餐所准备的肉类食材，并且自己留下一块作为替代。陌生人讲过一则关于国王狄辛的故事：这位远古的统治者拥有一头圣牛，死的时候和它葬在了一起。这意味着，那块肉来自一头死了两百年的牛。真是太恶心了！国王意识到，那位讲述古老故事的引诱者只能是奥丁本人。奥丁想要引导他偏离正轨，诱使他敬慕异教过去的人杰，并试图让他错过弥撒。

最后一战中背弃他们。身为智慧的守护神，奥丁也会在人类之中游历，获取各种各样的知识——这些知识都收集在《高人的箴言》之中。在这首诗里，奥丁独自在人类世界旅行，学到了种种真理：友谊益处良多，饮食需要适度等。在旅途中他喜欢乔装私访，这使他在晚近的基督教故事中变成了一个引诱者。他改头换面接近虔诚的挪威国王，想要欺骗他们做出与基督信仰不符的举动。

人们并未忘记，自己原本是由树木塑造而来。这种比喻性的认知造就了许多吟唱诗歌比喻复合词：人类总是被比作"武器之树"或"战争之树"，以及各种变体。女武神西格德里弗在提到英雄希格尔德的时候，就称他为"战争的苹果树"。这个比喻十分贴切，希格尔德有位祖先之所以能够受孕，就是因为魔法苹果在其中起到了关键的作用（参见第4章）。身为一位年轻的王子，杀死国王匈丁的海尔吉被称为"一棵得天独厚的榆树"。女性也会被比作"树""金枝"或"酒水之干"，意思是指她们能够提供美味佳肴。在吟唱诗歌中，指代女性的比喻复合词还有"海洋之火（海中火焰＝黄金）中最重要的白桦"或"葡萄酒橡树"等等。女武神布伦希尔德被称为"戴项链的树"。在英雄诗歌中，希格尔德的妻子古德露恩创造性地运用了这一比喻，生动地描绘了丈夫被谋杀后自己的悲苦："我卑微如一片叶子／置身于月桂柳林之间，因为我的王子已经死去"；在她的后半生，她又为了失去亲人而哀叹：

> 我茕茕孑立如林中梣树，
>
> 亲属凋零如杉树的枝丫，
>
> 我的幸福被剥夺而去，就像树木失去叶子，
>
> 在一个温暖的日子里遭遇了折枝辣手。
>
> ——《哈姆迪尔之歌》，第5节

尽管树木不能移动，但它们笔直强健，春华秋实年复一年；它们寿命漫长，但终将毁于疾病、战火或伐木人的刀斧——用树来比喻人，真是再合适不过。树象征着人类的理想状态：美丽、高贵、强大和忍耐。人类也可以被看作来自世界之树的小小枝条，是尤克特拉希尔生发的梣树幼苗，这一事实让神话之中和树相关的概念互相联系了起来。伟大的世界之树像我们一样受到时间和死亡的威胁，然而它依然伸展枝干，荫庇着诸神和人类；而那些幼嫩的树木，如上文中古德露恩，就会枝断叶折，最终枯朽。

❖ 华纳神族的到来 ❖

另一族神祇——华纳神族——出现之时，阿斯加德的神祇似乎才刚刚安顿下来。华纳神族可能是斯堪的纳维亚本地的原始神明，而阿萨神族才是随着印欧人在青铜时代迁移至此的外来者。可是，想要判断在北欧信仰中到底谁更优先，我们并无足够的证据。不过，在我们

的文献中，阿萨神族明显占有统治地位，诸神的历史也是以阿萨神族为中心。

古尔薇格的出现预示了华纳神族将会带来怎样的冲击。古尔薇格是一名女子，她不知怎地与阿萨神族起了冲突，结果被长矛刺穿，受火焰焚身：

> ……在至高者的殿堂里他们将她焚烧
>
> 他们将她烧了三次，她又重生三次，
>
> 一遍又是一遍，可她却依然活着。
>
> ——《女占卜者的预言》，第21节

古尔薇格（渴望黄金者）也被称为"光明者"。据说，她以这个名号四处走访，教授巫术赛德。《女占卜者的预言》里提到，由于这个原因，她尤其受到邪恶女人的欢迎。这个杀不死的女人到底是谁？其他

古尔薇格被长矛穿身，遭阿萨神祇火焚三次。
劳伦斯·弗洛里希绘（1895）。

文献里并没有进一步的信息；最合理的猜测是，古尔薇格是弗蕾亚的
一重化身。她并不是阿萨神族的一员，具有重生的力量，还掌握了一
种禁忌的魔法：所有这些都指向了华纳神族的女性主神。斯诺里似乎
也是这么认为的，所以他在《英林萨迦》中把弗蕾亚描绘成了一个牺
牲者的形象，是她把赛德这种在华纳神族间常见的巫术教授给了阿萨
神族。和古尔薇格发生龃龉之后，阿萨神族很快召开了会议，讨论是
否要把自己接受的供奉与人分享。他们否决了，于是便开启了世界上
的第一场战争。奥丁将永恒之枪扔过阿萨神族军队的头顶，这样做能
保佑他们刀枪不入。但华纳神族都像古尔薇格一样永生不死，因此两
个神族启动了谈判。他们互相交换了人质。尼奥尔德和他的两个孩子
作为华纳神族的代表前往阿萨神族，和他们长久地生活在了一起。霍
尼尔和密弥尔被派往华纳海姆，但他们的出访不久便夭折了。密弥尔
总是在议会上大发议论，可他要是不在，霍尼尔就只会说"让别人决
定吧"。华纳神族觉得这笔买卖亏得厉害，于是决定砍了密弥尔的脑
袋，把它和霍尼尔一块儿送回了阿萨神族。奥丁用防腐的药草和魔法
处理了密弥尔的头颅，于是它还可以和他谈话，为他揭示奥秘。

与华纳神族交战之前，奥丁在阿萨神族上方掷出永恒之枪，
赐予所有神明刀枪不入之能。劳伦斯·弗洛里希绘（1895）。

赛德：神秘的仪式

赛德究竟是怎样一套魔法仪式，我们对此知之甚少。它可能是一种魂灵占卜，与生活在斯堪的纳维亚北方的萨米人（拉普人）有关。洛基曾经嘲弄奥丁"擂起鼓来像巫婆一样"，表明这是一种萨米人的仪式。施展赛德的通常是女性。《红发埃里克萨迦》中提到一位女占卜者，她戴着玻璃珠项链和猫皮手套，吃了一顿以动物心脏为主的大餐后，坐在特定的平台上；她念诵着仪式性的咒语，预测出格陵兰某地的饥荒将在何时结束。如果男性巫师想要施展赛德，似乎得穿上女装才行，但这种行为十分丢人。挪威的一位先王曾经把八十个这样的巫师丢在岩礁（海中低平的礁石群）上活生生地淹死。他之所以这么做，是因为怀疑他们图谋自己的性命，并且对自己的做法丝毫不以为意。

国王金发哈拉尔把赛德巫师丢到岩礁上淹死。
哈弗丹·埃伊迪乌斯绘（1899）。

之后我们会看到，霍尼尔（这个名字很奇怪，把他和鸡联系在了一起）在其他神话中出场并不多。密弥尔的头颅似乎与尤克特拉希尔树下、寄存着奥丁眼睛的那口井有关，奥丁还会不时向它讨教。神话中还有人叫作 Mímr 或 Hodd-mímir，不过他们到底是否为密弥尔的化身或是独立的存在，我们并不清楚。克瓦希尔也是华纳神族的一员，他也参与了人质交换。他的命运将在下一章中进行交代。其他几位华纳神祇似乎融入了新的环境，适应了新的宫殿，满足于司掌孳生繁衍这一特殊的神职。尼奥尔德是海员和渔民的守护神；证据记载在斯诺里的一首小诗里，这首诗讲述了他和丝卡蒂婚姻破裂的故事：

尼奥尔德说：
我厌倦了起伏的山峦，
住在那里不曾超过
九个夜晚；
狼嚎之声
在我听来实在可憎
无法和天鹅之歌相提并论。

丝卡蒂说：
在海边的床榻上
因鸟儿的喧嚣吵闹

头戴海草王冠的尼奥尔德和牵着爱狼的丝卡蒂在讨论
他们之间的差异。弗里德里希·海涅绘（1882）。

我无法入睡；

每天早上

唤醒我的

是来自海洋的海鸥的叫声。

——《欺骗古鲁菲》，第 23 章

在婚配方面，华纳神族似乎受到了歧视。弗蕾亚应该是高攀了：她的丈夫形象并不分明，但他是阿萨神族的一员，名叫奥德尔，可能是奥丁的分身。他一直外出远行，令弗蕾亚因思念落泪，泪水化作黄金（吟唱诗歌中经常用来形容黄金的一个比喻复合词就是"弗蕾亚的眼泪"）。弗雷长期未能觅得佳偶，直至和女巨人吉尔达陷入爱河（参见第 3 章）。尼奥尔德也只能和丝卡蒂相看两厌。斯诺里告诉我们，在他们俩劳燕分飞之后，丝卡蒂和奥丁生下了许多子孙。其中萨明就是挪威重要统治者伯爵哈康的祖先。

在这一章里，诸神生活的世界被创建了出来，也有了世界的运转规则和可供穿行的宇宙空间。在下一章中，我们将遇见北欧宇宙中另一群重要的居民：巨人。

3

敌对势力

❖ 异族巨人 ❖

　　我们对巨人的印象大多来自欧洲民间故事：在我们心中，巨人身躯庞大，体格臃肿，面貌丑陋，脑子还不大灵光。尽管传说中的巨人有些确实是民间故事里描述的模样，但神话中的巨人却是个复杂多样的种族。鉴于以伊米尔的身躯为原料足以构成整个世界，他固然应该有顶天立地之姿，但其他巨人的身材和人类（或神族）却较为相似，有些巨人还能根据情境变化大小。他们的头脑也不应被低估。在神话世界中，巨人们智慧卓绝，他们所拥有的智慧之泉，连诸神都渴望汲取。不仅如此，他们奸诈狡猾又诡计多端，且能用尽手段图谋长远。在故事里，神族并不是次次都能占到上风。

　　古北欧存在着多种巨人，用来描述巨人的词汇也不少。然而，这些术语是否对不同种类的巨人做了系统性的区分，那就不得而知了。Þurs，有时被翻译成"食人魔"，和古英语中的þyrs有所关联。它指的是出没于沼泽中的恶魔般的吃人怪物，就像《贝奥武甫》中的怪兽格兰戴尔那样。但是，格兰戴尔的北方表亲们并不具备这些特征。"巨怪"和"巨人"之间的区别也很模糊。有些巨人有三个脑袋，甚至更多，他们被明确地描绘成丑恶至极的样子。有些女巨人淫邪粗陋，无差别地骚扰人类英雄和天宫诸神；对于这些巨人，索尔会毫不留情地用锤子把她们砸飞。有一次索尔和乔装的奥丁比赛吹牛，他炫耀起自己的一大功绩：

> 我曾在东边和巨人抗争，
> 邪恶的女巨人漫山游荡；
> 她们如果皆得存活，巨人族必将人丁兴旺；
> 米德加德便再无人迹。

　　　　　　　　　　　　——《哈尔巴德之歌》，第23节

索尔见到巨人就杀，以此来实行"人口控制"，这样做似乎意义重大。在神话里，每次索尔不在，往往会被说成他是去东方抗击巨人了。

巨人也不总是这么丑陋凶残。有些女巨人，如丝卡蒂，虽然性情凶猛，但她们能在一定程度上融入神族社会。丝卡蒂喜欢狩猎和滑雪，这或许意味着，她和挪威极北之地，以及萨米人（拉普人）之间存在关系。在极北地区，萨米人依靠打猎和设置陷阱捕获口粮，通过放牧驯鹿维持生计。丝卡蒂作为巨人的特异之处可能是萨米人特征的反映。萨米人的文化和北欧人截然不同。对于这些南方的邻居，他们与之贸易往来，并向其交付税款。巨人盖弥尔的女儿吉尔达光彩照人，她的美貌俘获了弗雷的心。年轻的神祇远远地望见了她，陷入相思之苦。

索尔在盖尔罗德家的战斗

这段故事的来历不同寻常，乃是记载在一首吟唱诗歌之中。有一次，洛基披着飞行斗篷，飞到了巨人盖尔罗德的领地，失手被擒。为了赎回自由，洛基答应把索尔引到盖尔罗德家，为他设下陷阱，让他不带雷神之锤妙尔尼尔，也不系力量腰带。幸运的是，索尔和他的仆人提亚尔菲在路上做客女巨人格莉德家，她把多余的魔法腰带、魔杖和铁手套借给了他。行至山间，天气恶劣，河水上涨，旅人们险些被大水冲走。他们意识到，河水之所以涨势汹汹，是因为盖尔罗德的一个女儿在"放水"。索尔朝她扔了块石头，"从源头堵住洪水"——或许他只是这么开个玩笑。到了盖尔罗德家，索尔住进了客房。可他刚坐到椅子上，椅子就飞向了天花板，眼看要把他挤扁。索尔拿出了格莉德的魔杖撑在天花板上，反把椅子压了下来。这不仅救了他自己的命，还除掉了椅子下面的两个巨人——盖尔罗德的两个女儿藏在那里，双双被压断脊梁。索尔又被盖尔罗德请到大厅，巨人冲他掷来一块红热熔融的金属。有了铁手套护身，索尔抓住"飞弹"，反扔回去。金属块穿过柱子，打中了躲在后面的巨人，然后透体而出。索尔再次赢得了胜利。

盖尔罗德的两个巨人女儿躲在椅子下面，被
索尔压折了背。恩斯特·汉森绘（1941）。

焦急的父母（尼奥尔德和继母丝卡蒂）派他的心腹之一史基尼尔前去
打探，想要弄清楚他为何郁郁寡欢。史基尼尔的身份并不明确，他的
名字意为"闪光者"，他似乎代表了弗雷一部分生育繁衍的职能。弗雷
把自己的魔剑给了他，让他代表自己去向女巨人求爱。吉尔达礼貌地
欢迎了来客，却并不为之所动。史基尼尔奉上了魔法指环德罗普尼尔
和十一个苹果（可能是伊都娜让人永葆青春的苹果），又威胁若不答应
他就去挑战吉尔达的父亲，但吉尔达就是软硬不吃。最后，信使发出
了一连串复杂的诅咒来恐吓她。他从绿树上截下枝干，刻上卢恩符文，
凭此诅咒吉尔达断绝子嗣、淫乱成狂、凄惨可怖。他还诅咒吉尔达只
能嫁给生有三个头颅的巨人。吉尔达终于服软了，答应在九个夜晚之
后和弗雷约会。史基尼尔带回了好消息，只是弗雷急不可待，抱怨九
天之后实在太长。

　　在斯诺里的版本中，这个故事被改编得更具浪漫色彩。弗雷坐在
奥丁的至高王座希利德斯凯拉夫上，四处张望，瞥见了吉尔达。故事
明确指出，一见钟情其实是对他的惩罚，因为他闯入了神族领袖的殿

弗雷从至高王座希利德斯凯拉夫向远方张望，寻找着心爱的吉尔达。
焦虑的父亲尼奥尔德和继母丝卡蒂在他身后关切询问。
W.G. 柯林伍德为 1908 版《老埃达》英译本所绘。

堂。吉尔达无疑十分可爱动人："她的玉臂光彩照人 / 映亮了所有的海
洋和天空。"史基尼尔当即领命出发，很快便带着女子的许诺归来；书
中并未提到她的抗拒以及诅咒。在《欺骗古鲁菲》中，这个故事又被
重新讲述了一遍，用以解释弗雷为何没有佩剑。同时还暗示，为了区
区一个女子付出战神的象征，实在是不智之举——在《洛基的吵骂》
中，洛基痛骂了所有神祇，也以同样的理由批评弗雷判断失误。洛基
奚落道，既然弗雷为了盖弥尔的女儿给出了自己的宝剑，那么到了诸
神的黄昏之时，他将如何战斗呢？

吉尔达是否答应嫁给弗雷，是否像丝卡蒂一样搬来和诸神一起生
活，又或者那把宝剑只换来了一夜欢愉，这个故事里并未提及。而在
其他故事里，吉尔达被明确地冠以弗雷之妻的身份，他们还有个孩子
弗尤尼尔，他是瑞典诸王的祖先。尼奥尔德和弗雷最后都与女巨人结
成连理，并未受到阿萨女神的青睐。正如前文所述，这可能意味着，

他们并不是阿萨神祇门当户对的良配。弗雷和吉尔达的神话一直以来被解读成关于自然现象或生殖繁衍的神话：掌管生长和富饶的神明应当和大地相结合［吉尔达的名字 Gerðr 意为"围栏圈出的场所、田野"，和米德加德与阿斯加德中的"加德"（garðr）有所关联］。如果土地想要多产，它必须迎接神明的拥抱，敞开自己，接受他赐予收获的触碰。然而，如果吉尔达真的象征着大地，她为什么居然要抵抗神明的滋养之光（史基尼尔），又为何非要遭到逼迫才肯屈从？这与神话中的性别政治产生了冲突，使我们有可能做出不同的诠释。尽管巨人和自然、混沌关系密切，但他们主要是作为他者的象征出现的，是敌对势力，是异类。他们以这种角色被整合到诸神的世界之中，而没有被彻底排斥在外。诸神和巨人的国度之间常有人员来往。诸神就像北欧的君王和大地主一样，乐于用自己的权势震慑从属：他们命令巨人们在宴席上取悦居于上位的自己，并献上种种为他们搜集的奇珍异宝。

　　对弗雷和吉尔达的神话，尤其是华纳神祇和女巨人的联姻，也可以做出政治性的解读。上层社会群体意欲和较低的社会阶层结成联盟，于是一名女子就被献出——注意，并非交换——作为缔结盟约的证明。但是，这种解读没法与原诗很好地对应起来。弗雷对吉尔达的家族并无兴趣，也没有战略上的理由需要通过迎娶盖弥尔之女与他结盟。相反地，他只是受到欲望的驱使，他的使者所用的手段（史基尼尔先用礼物贿赂，所许诺的价值可能超出了他的权限；接下来是威胁；最后发出了诅咒）更是暴力非常。在我看来，这个故事自始至终似乎都反映着令人惊心的父权政治。当一位有权有势的男子遇见了心爱的女子，就派仆从前去逼迫，最终赢得思念的佳人，却全然不顾女子的拒绝，即便她是一个独立自主的个体（她掌管着父亲的黄金，遇事可以自己拿主意）。所以斯诺里会给出一个更合常规的浪漫版本，可能也并不出奇。

拿着宝剑的史基尼尔和吉尔达。吉尔达扬手做出拒绝的姿势，
显然是要回绝他的殷勤。劳伦斯·弗洛里希绘（1895）。

❖ 为文明而战 ❖

当阿萨神族与华纳神族作战之时，阿斯加德的界墙受到了严重的损毁。尘埃未定，有人毛遂自荐，愿意为诸神重新修建一道城墙，比原来的更加牢固、坚不可摧，并承诺在三季（season，北欧的时间单位，一般为半年）之内就能完工。至于报酬，他希望能得到太阳、月亮和弗蕾亚。诸神聚集起来，成功地把修筑的时间砍至一个冬天，还要求他必须独自完成所有工作。筑墙者答应了他们的条件，并提出了一个合情合理的要求：他可能需要自己的马来搭把手。协议就此达成。没想到，一人一马日夜劳作，阿斯加德周围的城墙节节升高，诸神大为惊恐。离冬天结束还有三天，城墙显然能按时完工，日月和弗蕾亚就要被带走，除非有人能想出解决的办法。诸神想到，当初是洛基劝说他们接受了协定，于是以死亡威胁洛基，逼他找出方法打断筑墙者的进程。洛基变成了一匹母马，冲着筑墙者的骏马柔声嘶鸣，轻扬鬃

筑墙者的神话

筑墙者技艺高超，但他索要的代价过于高昂，最终被人欺骗赖掉——关于这个超自然形象的民间故事在世界各地都有流传；斯诺里讲述的是一个十分原始的版本。在民间传说中，这通常是个独立成篇的故事，意在唤起听众对甲方的共鸣，支持他们凭借自己的机智不劳而获。筑墙者往往是乔装打扮的恶魔，这样即使他遭受欺骗，也不会有道德上的问题。瓦格纳在他的《尼伯龙根的指环》的第一部《莱茵的黄金》中用到了这个故事。沃坦（相当于奥丁）和巨人法夫纳和法索尔特定下协约，请两人为他修筑一座新宫殿瓦尔哈拉。作为奖赏，他同意给出弗蕾亚，但遭到了其他神明的抗议。于是，他和巨人商定以莱茵的黄金作为替代，最终不得不把尼伯龙根指环交给他们。指环是沃坦从侏儒阿尔伯里希手中夺来的；当初阿尔伯里希为了从莱茵仙女手中盗取黄金，发誓弃绝爱情。沃坦将财宝与受到诅咒的指环据为己有，某种程度上导致了后来的一连串悲剧，包括诸神自身的覆灭。

法夫纳和法索尔特拖走了弗蕾亚。亚瑟·拉克姆绘（1910）。

神秘的筑墙者和他的马正在建造阿斯加德的城墙。罗伯特·恩格尔绘（1919）。

毛，把这个好帮手诱离了岗位。筑墙者跟在马后面穿过森林，追了一整夜，眼见时间已然不够完成工程。筑墙者陷入了"巨人之怒"，暴露了自己的真实身份。尽管诸神曾经对筑墙者许下誓言，保证他的安全，但他们还是召来了索尔，（以筑墙者隐瞒身份为借口）用雷神之锤将巨人消灭。八个月后，洛基生下了一头小马驹：八足天马斯莱普尼尔。它成了奥丁的坐骑，驮着他穿越所有世界。

就像瓦格纳重述的那样，北欧诸神问心有愧，因为他们曾经向筑墙者承诺，保证他能得到奖赏，并且在工作过程中安全无虞。由于筑墙者是"山巨人"伪装的，他们借着这个理由撕毁了承诺，却落得心中忐忑。斯诺里引用了《女占卜者的预言》里的一段诗歌，强调了这一道德问题：

> 誓约支离破碎，诺言与保证，
>
> 他们许下的所有严肃的承诺。

奥丁骑着八足天马斯莱普尼尔，面前有个女人向他奉上角杯。
出自哥得兰的尚维德石画。

索尔怒火中烧，挥出一记重锤。

听闻这等事情，他岂能按捺得住！

——《女占卜者的预言》，第 26 节；《欺骗古鲁菲》第 42 章

　　诸神被证明是毁诺的一方。由此引发的对道德责任的质疑，一直回响在神族的历史中。如果对象是巨人——即使是这个隐瞒了身份的巨人，是否就可以撕毁神圣的承诺了呢？这次背信弃义标志着诸神堕落的开端，（或许）无可挽回地导向了他们覆灭的结局。虽然我们并不能指望各个神话之间有多少相关性和连续性，因为它们是在非常不同的情境下被记录下来的。但是，我们将在第 6 章中看到，《女占卜者的预言》确实记录了诸神的黄昏的先导事件。这些事件被精心挑选出来，按顺序排列，强烈地暗示了它们之间存在着因果关系。

　　仅就此时此刻而论，诸神确实占了上风。巨人能够提供的好东西可不止阿斯加德的城墙，诸神还渴望着从他们那里获取更多奇珍异宝。以文明为主题的诗仙蜜酒神话说的就是另一样此类珍宝。就像其他神

圣之物一样，它也是经由暴力才嬗变而来。它历经了神话宇宙的各个地域，最终成了诸神与人类的所有物。在阿萨神族和华纳神族交换人质的时候（第 2 章），双方都往同一口罐子里吐口水。这些口水被做成了一个人，名叫克瓦希尔。克瓦希尔是世界上最聪明的人。他周游世界，传授智慧，最终死在了两个可恶的侏儒手里。他们把他的血和蜂蜜混合在一起发酵，做成了一种具有强大魔力的蜜酒。当诸神问起克瓦希尔消失的原因时，这两个无耻的侏儒居然说，因为克瓦希尔太过聪明，以至于无人能够向他提出问题，于是他被自己的智慧噎死了。

然后，这两个杀人凶手邀请巨人吉尔林和他们一起钓鱼，却在途中掀翻了渔船，让他淹死了。他的寡妻为了丈夫的死哀哭不已，两个侏儒受不了，就把她也给杀了。这下轮到吉尔林的兄弟苏图恩复仇了：他带着两个侏儒划船出海，来到一处岩礁，威胁要把他们留在礁石上溺死。两个侏儒为了活命，拿出诗仙蜜酒作为交换。苏图恩把珍贵的诗仙蜜酒带回了家，装在三只大罐子里，并派自己的女儿冈罗德将其看守。奥丁想出了一条盗取蜜酒的妙计。他去找苏图恩的另一个兄弟，巴乌吉，看到他的奴隶们正在割草。奥丁用一块魔法磨刀石将他们的镰刀磨得锋利无比，引得奴隶们全都对磨刀石垂涎欲滴，想要把它据为己有。奥丁把磨刀石抛向空中，奴隶们你争我夺，于混战中割掉了彼此的头颅。趁此机会，乔装的奥丁接下了他们的活计，唯一的条件就是要巴乌吉帮助他从苏图恩那里弄来一口蜜酒。等奥丁干完了活，巴乌吉带着他去找苏图恩，但他的请求被苏图恩拒绝了。奥丁又想了个法子，让不情不愿的巴乌吉帮他拿着钻头，在希尼约格（意为碰撞的岩石）山上钻出一条孔道，冈罗德和诗仙蜜酒就藏在里头。奥丁变成了一条蛇，扭动着钻了进去。他引诱了冈罗德，和她缠绵了三个夜晚，然后被准许饮下三口珍贵的蜜酒。

奥丁每喝一口，就把一个罐子喝得底朝天。随后他变成了一只老鹰，展开翅膀飞离此地。苏图恩得知有人夺走了自己的珍宝，也变成一只老鹰追在他后面。奥丁安全地抵达了阿斯加德城墙境内，立即把蜜酒吐了出来，装在阿萨神祇们准备好的罐子里。但有些蜜酒在途中损失了，因为奥丁把它们洒向身后，淋在苏图恩脸上，只为阻他一阻。所有人都可以取用这些落在诸神宫殿之外的蜜酒；它被认为是无处不在的蹩脚诗人的灵感之源。通过惯常的诡计和在履行承诺方面宽以律己严以待人的双重标准，奥丁为神明和人类赢得了至宝。获取诗仙蜜酒的故事只在这个版本中有完整的记载，不过，很多形容诗歌的比喻复合词都与此有关，如"侏儒的酒""奥爵尔之海"（苏图恩所用容器之一），"奥丁的战利品"印证了这段神话的细节。

在这个故事里，诸神比世界上的所有其他种族都要优越：侏儒是邪恶的连环杀手，巴乌吉的手下全是蠢货，冈罗德遭到引诱固然可怜，

巴乌吉和奥丁拿着钻子瑞特在山岩中打洞，以期接近冈罗德和诗仙蜜酒。出自 18 世纪冰岛手抄本。

但她轻易就上当受骗。所有这些都证明，诸神应当夺得蜜酒。让诗人们使用诗仙蜜酒，肯定要好过把它窖藏在岩石深处苏图恩的宫殿里。"不用作废"这一信条十分适用于文化宝藏。通过讲述诗仙蜜酒的故事，诗人们团结在同一个信念之下：灵感的源泉最好要与同行分享。

还有一个故事讲的是诸神如何从巨人手中取得一口酿酒用的大锅。诸神命海神埃吉尔为他们准备一场盛宴，就像斯堪的纳维亚的王公贵族们所做的那样。国王和大地主常常带着随从出行，下榻在获封土地者的家里，希望能获得盛情的款待。这种做法减轻了君主维持随从队伍的负担，把责任分摊到了贵族们身上，在消耗他们资源的同时节省了君主的耗费。君主也可以借此检查贵族们的治理水平：法律是否得到执行，税务收缴是否得当，贵族们是否在密谋叛乱。于是诸神把准备宴席的任务交给了埃吉尔。埃吉尔抗辩，自己的容器都不够大，无

为了饮下诗仙蜜酒，奥丁向冈罗德献殷勤。劳伦斯·弗洛里希绘（1895）。

化作老鹰的奥丁向身后抛洒诗仙蜜酒，
阻挠追逐的苏图恩。出自 18 世纪冰岛手稿。

奥丁背叛冈罗德

在《高人的箴言》一诗中，奥丁把这段历险拿出来吹嘘。他用钻头打出了一条路，钻进苏图恩的洞府，冒着生命危险说服了冈罗德，被获准饮下珍贵的蜜酒。他悔恨地承认："我却没能好好回报 / 她全然敞开的心扉 / 她满怀哀伤的灵魂。"冈罗德廉价地出卖了自己的美貌；引诱她的是一位神明，她本可让他许下婚约。遭窃的次日，冰霜巨人闯进奥丁的宫殿，质问事情的真相："（奥丁曾）凭着指环许下神圣的誓言 / 他的承诺怎能取信于人？"奥丁认为，为了让诗仙蜜酒重返光明，说谎骗人和伤害冈罗德都是值得的。但冈罗德无疑有不同的感想。

法酿造出足量的美酒供诸神饮用。提尔回应道，他的父亲巨人希密尔有一口巨大无比的锅。于是，他和索尔一同出发，前往巨人国度索取容器。

提尔和巨人克星结伴抵达了希密尔家，提尔的母亲热情地欢迎了他们，不过也向两位客人表示，自己的丈夫恐怕不会友善地款待他们。提尔的母亲容颜美丽，"浑身黄金装裹……蛾眉闪亮"。而提尔的祖母（应该是父亲那边的）则与之相反，足足有900个头。希密尔一回到家，就表示可以借出大锅，只要任意一位访客能把它抬走就行。这意味着，客人们将面临一系列的力量测试。提尔的母亲事先提醒过两位神明，让他们坐在厅堂的柱子后面。这是因为她的丈夫能够用目光撂金裂石——当他瞪向他们时，柱子便可挡在他们前面四分五裂，而不是他们被撂毁。在索尔吃了整整两头牛之后，希密尔便带他出去钓鱼，寻些口粮回来。钓鱼之旅的故事将在77页讲到。索尔大获全胜，激得巨人设下了新的挑战：只要索尔能砸碎巨人的酒杯，就能把大锅带走。索尔先是拿起酒杯对着石柱砸，可碎裂的却是建筑本身。直到提尔的母亲提示他，所有事物中最坚硬的乃是希密尔的头，索尔这才成功地砸碎了酒杯。索尔终于获准把大锅带走。他把锅倒扣在头上，让挂在锅边的环饰垂在脚旁，叮当作响。还没走出多远，两位神明发现，希密尔带着同伙急匆匆地追了上来。索尔转身面向追兵，把他们统统打死，然后带着大锅回了神域。这首诗以胜利的笔调作为结束："众神开怀畅饮／每年冬天齐聚埃吉尔家。"至于在埃吉尔举办的最后一次宴会上发生了什么，请参见第6章。

希密尔的大锅这个故事符合传统的模式：诸神总是从巨人那里夺取他们所需的东西，因为在阿萨神祇看来，他们只是把巨人的大锅派上了更好的用场。巨人的连连失利确实令人扼腕：他的酒杯砸碎在自己的头上，他的大锅被人夺走，他的妻子和儿子串通一气，联合臭名昭著的巨人克星，把丈夫的宝贝要么抢走要么撂毁。我们并不清楚

索尔的雕像，来自冰岛埃尔兰德。

提尔的母亲为什么会嫁给巨人，而提尔自己，一个掌管法律和正义的神明，为何居然会有一个巨人父亲。有人指出，在这个故事中，提尔的角色可能原本归洛基所有。如果真是这样，洛基和索尔确实常常结伴游历，而且洛基似乎是阿萨神祇与巨人的混血。诗中希密尔极为冷漠无情，简直令人吃惊。希密尔是冬天的人格化。当他狩猎回家，胡子上挂着叮当作响的冰柱；他的目光冰冷刺骨，能让眼前之物分崩离析。在他的儿子和客人看来，唯有在妻子的坚持之下，他才想起了亲属关系和待客之道，遵循起社会规范。当索尔胃口大开，扫荡了巨人的食物储备，巨人被吓得惊恐失态，反而显出几分幽默之感。

索尔钓起中庭巨蟒。约翰·亨利希·菲斯利绘（1788）。

就索尔而言，他倒是乐于激怒东道主。根据宾主之道，希密尔需要招待他们，索尔也不能在巨人家里把他杀死。然而，一旦巨人反悔、不愿把大锅交给能举起它的人，索尔就有了正当的理由，可以使用雷神之锤。希密尔和其他的"熔岩之鲸"（巨人同伴）很快就被索尔打得落花流水。

索尔垂钓记

索尔把主人家吃得弹尽粮绝，希密尔便决定带他一起去钓鱼，补充食物储备。索尔杀死了希密尔的一头牛作为挑衅，把牛头拧下来当作鱼饵。两人划船出海，一直划到了海洋深处，远远超出了平时钓鱼的范围。由于距离海岸实在遥远，虽然希密尔钓上了两条鲸鱼，但他还是表示在这里钓鱼令人不安。索尔却垂下了自己的钓竿，用牛头鱼饵钓起了世界上最大的海洋生物——中庭巨蟒。这只巨兽被拖出了海面；一蛇一人两相瞪视，陷入了浩大的对峙。在一些古老的诗歌中，索尔就此杀死了中庭巨蟒。然而，另外一些传说则需要它存活下来，等到诸神的黄昏之时与众神厮杀。这场洪荒之战的情形出现在画像石中。在一些石画里，索尔手里攥着鱼线，拖曳着扭动挣扎的巨兽；索尔一脚下蹬，踩穿了渔船的船底。希密尔被索尔狂放的钓鱼方式吓到了，于是抽出刀来，切断了鱼线，中庭巨蟒回到了海洋深处。在斯诺里的版本里，索尔抡起双拳打在希密尔的耳朵上，巨人跌入海中，就此淹死了。与此同时，中庭巨蟒蛰伏起来，静静等待着诸神的黄昏到来的那一天。

变成老鹰的夏基干扰神明们准备晚餐。出自18世纪冰岛手抄本。

❖ 追回被盗的珍宝 ❖

前面我们讲过了筑墙者的故事，他想要带走太阳、月亮和弗蕾亚，险些让诸神和人类的世界陷入无尽的黑暗，所幸这一计划被及时地挫败了。然而，在诸神和巨人争夺至宝的历史上，巨人的反击并不只有这么一次。洛基一度被丝卡蒂的父亲——巨人夏基——抓住了。洛基、奥丁和神秘的霍尼尔三人一起出行，他们杀了一头公牛，打算做来吃。但是，牛肉怎么也烤不熟。过了一会儿，又饥饿又困惑的诸神注意到他们的身后有一棵橡树，树上停着一只硕大的老鹰。老鹰告诉他们，它才是让肉做不熟的罪魁祸首。洛基抓起一根长钎，冲着老鹰挥了过去；老鹰飞了起来，可那根长钎却连着洛基，一起黏在了鸟儿身上。洛基被带上天空，拼死抓住不放，弄得肩膀都快脱臼了。为了活命，洛基答应了老鹰（它其实是巨人夏基变的）的要求：他将把伊都娜诱

洛基哄骗单纯的伊都娜前往树林，夏基正等在那里，准备把她绑走。约翰·鲍尔绘（1911）。

骗出阿斯加德，让她落入巨人的掌控。洛基告诉伊都娜，他在外面的树林里找到了一些苹果，和伊都娜的苹果看起来极为相似。他劝伊都娜带上苹果亲自前去比较。伊都娜上当受骗，和洛基一起离开了阿斯加德。夏基俯冲而下，抓着她和苹果飞走了。

洛基又一次让诸神陷入了困境，不得不负起解决问题的责任。伊都娜不在，诸神就拿不到永葆青春的苹果，开始有了衰老的迹象。他们开会商讨后发现，伊都娜最后一次出现之时，洛基正陪在她身边；由此可知，伊都娜的失踪必然少不了他的参与。洛基穿上弗蕾亚的隼羽披风，飞到夏基的宫殿之中。趁夏基出门钓鱼，他把伊都娜变成了一颗坚果，带着伊都娜和她的宝贝苹果一起逃走了。当夏基发现之后，他就变成老鹰，朝洛基追去。阿萨众神在阿斯加德的城墙内堆起一大堆木屑，一旦筋疲力尽的洛基带着此行的收获落进围墙，诸神就把木屑点燃。老鹰跟在后头收不住翅膀，径直飞向猎物，它的羽毛上瞬间就腾起了火焰。夏基变回了人形，立刻被诸神杀死。夏基之死导致丝

刘易斯棋子中的四个皇后。这些棋子制作于
12 世纪晚期，产地可能是斯堪的纳维亚。

卡蒂来到阿斯加德向诸神索要赔偿，其结果在第 1 章中已经说明。诸神又吃上了日常的苹果，很快就恢复到了巅峰状态。

《沉睡的军队》

《淘气包亨利》的作者弗朗西斯卡·西蒙写过一本小说《沉睡的军队》（2012）。故事的主人公是个小女孩，名叫弗蕾亚。她来到大英博物馆，吹响了摆在刘易斯棋子旁边的维京时代的号角，由此进入了诸神的世界。弗蕾亚需要协助索尔的两个人类助手（这里被称为阿尔菲和萝丝昆娃），还有满身汗臭的狂战士斯诺特（智者），从巨人手中救出伊都娜和她的永葆青春的苹果。弗蕾亚不仅要让诸神免于衰老，还要防止自己和同伴变成棋子，和其他失败的冒险者一道在博物馆展出——也就是标题中的《沉睡的军队》。在这场角逐之中，她学习了种种技能，成长了许多。

❖ 索尔的尴尬往事 ❖

这种神话模式——巨人把持着诸神的命脉——在《巨人特里姆的歌谣》中被戏谑地调侃了一番。一天早晨，索尔从梦中醒来，发现自己的雷神之锤不见了。他被吓得胡子根根直立，连忙叫来了洛基。这一次，洛基竟然不是幕后黑手。洛基还主动借来了弗蕾亚的隼羽斗篷，前往巨人国查探。在那里，他碰见了巨人特里姆（特里姆的姓名和前文丝卡蒂的宫殿索列姆海姆中的"索列姆"拼写相同，但并无证据证明两者为同一人，故遵照习惯译法分别译出——译者注）。特里姆坐在墓丘上，一边给自己的猛犬编织牵引绳，一边细细梳理着坐骑的鬃毛：这个巨人显然是想要装出一副贵族派头来。特里姆爽快地承认，雷神之锤就在他手上；除非诸神把弗蕾亚嫁给他，否则他不会将其交还。

洛基匆匆把消息带回了神域，带上索尔一道去找弗蕾亚。这两人一贯
做事莽撞，开口就要弗蕾亚穿上婚纱头饰，准备前往巨人国成婚。弗
蕾亚可没有乖乖听话：

> 弗蕾亚闻言气得直哼哼，
>
> 撼动了阿萨神祇的宫殿；
>
> 绝美的布里辛嘉曼项链从她颈上滑落。
>
> "要是我真的跟你们去了巨人国，
>
> 那我可真是世界上最荒淫的女子。"
>
> ——《巨人特里姆的歌谣》，第13节

索尔穿上女装，以便假扮成弗蕾亚和特里姆"结婚"。
埃尔默·博伊德·史密斯绘（1902）。

显然，这段情节之所以好笑，部分原因在于弗蕾亚的确是"世界上最荒淫的女子"。但即使如此，她还是拒绝嫁给巨人。该怎么办呢？诸神聚集在议事厅中，海姆达尔提出了一个绝妙的主意：不如把索尔打扮成女人的样子，让他代替弗蕾亚前去成亲。索尔极力反抗，终究徒劳无功，因为洛基已经点明，要是拿不回雷神之锤，巨人可是马上要杀进阿斯加德了！于是，索尔穿上了女装，披上新娘的头纱，把一串钥匙挂在了腰带上（象征着女性在家中执掌的权力）。弗蕾亚把自己的项链布里辛嘉曼也借给了他，由此完成最后一道防伪认证。洛基也套上了裙子，驾上山羊拉的战车，和索尔一起上路。

与此同时，身在巨人国的特里姆正激动得发抖。他吩咐属下好好准备婚宴，并夸耀起自己的财富：

> 全角的母牛在院子里漫步，
>
> 漆黑的公牛最得巨人喜爱；

索尔是如何收服随从的

索尔的两头山羊坦格里斯尼尔和坦格乔斯特（磨牙者和咬牙者）作为灵兽来说十分实用。它们不仅能为索尔拉车，在旅途之中还能被杀来吃肉。吃完之后，只要把它们的骨头放在羊皮里，它们就能在第二天早晨复活过来，继续前行。有一次，索尔在穷苦的艾吉尔家里借宿，他家穷得连肉都吃不上。索尔就把山羊杀了，拿肉分给全家人吃。他警告他们，千万不要为了吸吮骨髓而折断骨头。当第二天早上山羊们重生后，其中一头明显有点瘸。索尔勃然大怒，逼问是谁违背了他的嘱咐。这家的儿子提亚尔菲承认了过错，惊恐的父亲便献上两个孩子作为赔偿。就这样，索尔有了两个人类随从，提亚尔菲和他的姐妹萝丝昆娃。提亚尔菲出现在多段历险之中，萝丝昆娃却很少被提及。

我的金银成山，财宝成堆，

应有尽有只缺一个弗蕾亚。

——《巨人特里姆的歌谣》，第 23 节

披着重重面纱的弗蕾亚在宴席上落座。她吃掉了"一整头牛，八条鲑鱼／给女客们准备的所有点心／……以及三桶蜜酒"。新郎大惊之下，不由心生疑惑。扮作伴娘的洛基急忙解释，新娘已经八天八夜没吃东西了，只想赶紧嫁到巨人国。特里姆想要偷个香吻，没想到面纱下新娘的双眼如火一般红，把他吓了一跳。机敏的洛基又解释道，新娘对婚礼期盼到夜不能寐，不眠不休熬红了眼。巨人的姐妹也来找新娘索要礼物，此时巨人终于拿出了雷神之锤当作证婚之用——或许现实的婚礼上真的有这样的仪式。雷神之锤一回到索尔手中，索尔就挥锤砸死了巧言索礼的姑子。直到杀光了所有来参加婚礼的客人，他才和洛基打道回府。阿斯加德的安全再度得到了保障，雷神之锤回到了正主手中。

这个故事可能出现在相当晚近的时候，因为叙述者在描写诸神之时笔调轻佻。索尔和弗蕾亚都在情绪的左右下做出了丢脸的举动：索尔丢了锤子只会四处摸索，然后唤来了洛基；弗蕾亚气得直哼哼，胸口上下起伏，这令她最爱的首饰断裂开来，滚落在地——为了这条项链，她可是向侏儒付出了高昂的代价（参见第 2 章）。特里姆的招摇显摆精准地反映了他得意自满的心情——他的宝贝收藏就要集齐，只缺掌管美与爱的女神做他的妻子。最有男子气概的神明被迫换上了女子的服饰，洛基居然也立即提出穿上女装作陪——这场滑稽戏一方面可以证明洛基常常变换形态、性别成谜；另一方面也表明，对于男扮女装和其他跨性别的活动，确实存在着强烈的文化禁忌，尤其是在和赛德相关的情况之下。奥丁在这方面不太敏感。在第 6 章中我们将看到，如果情况需要，他也会欣然扮成女性。

❖ 索尔拜访乌特加德－洛奇 ❖

索尔和巨人们打过很多次交道，其中最为详尽的一段故事出自斯诺里笔下。一天，索尔和洛基乘着山羊拉的战车出门探险。就是在这次旅程中，索尔收服了两位人类随从（参见 82 页）。次日晚上，一行人抵达了一处森林。在他们面前出现了一栋房子，于是他们便在屋里借宿。睡到半夜，突然地动山摇。众人被震动惊醒，聚拢到大厅旁边一间较小的屋子里。第二天，当他们钻出屋子时，看到一个巨人正卧在附近酣睡。他在睡梦中发出惊天动地的鼾声，昨天晚上他们还以为是地震呢。索尔正准备拿雷神之锤揍他，巨人恰巧醒了过来。巨人认出了索尔，唤了他的名字，然后问道："你怎么把我的手套拽走了？"旅行者们震惊地意识到，昨夜供他们蔽身的屋子竟然是巨人的手套，那间厢房则是手套的大拇指。这名自称斯克里米尔的巨人邀请他们一同上路，于是他们便结成了旅伴。斯克里米尔把所有的干粮放到自己包里，一并背了起来。这天晚上，斯克里米尔去打盹了，索尔想要打开包裹吃顿晚饭，却怎么也打不开。索尔暴跳如雷，抄起雷神之锤，冲着斯克里米尔挥出了最强的一击。可巨人睁开眼来，只是嘟囔不该在橡树下面睡觉，刚才肯定是有片叶子掉在他头上了，还问起索尔他们吃了晚饭没有。索尔深以为耻，假装自己并不饥饿，等到半夜，朝着沉睡的斯克里米尔挥出了第二击。巨人醒来，只说是被橡子打扰了睡眠。第三击也同样无功而返。

第二天，他们进入了巨人之城乌特加德，斯克里米尔就此和诸神告别。城中的首领（也）叫作洛奇（Loki，拼写与洛基相同，通常采用不同的译法以示区别。——译者注），人们叫他的时候会在名字前头加上地名。斯克里米尔警告他的新朋友们，在乌特加德千万要谨慎，因为城中的巨人个个高大；和他们比起来，诸神只不过是襁褓中的婴儿。宫殿中的巨人们确实人高马大。乌特加德－洛奇对来客表示欢迎，邀请他们参加了种种娱乐竞赛。打头阵的是洛基，他自告奋勇和人比拼食量。尽管他以最快的速度扫荡干净了面前的食物，但他的对手罗基不仅吃光了食物，还把骨头也吞了下去，连装食物的食槽都不放过。巨人们旗开得胜！提亚尔菲和胡基比赛跑步。虽然小伙子跑得飞快，拼了三局，还是全盘告负。索尔参加的是饮酒挑战，可惜也没能成功。挑战任务是把一只角杯中的酒喝干，而且那只角看起来并不大，连最不善饮的人都能三口见底。然而，索尔拼命喝了三大口，角杯中的酒只是略少了一分。乌特加德-洛奇接着挑衅索尔，邀他再来挑战两回，看看能不能举起他的猫，和他的老乳母比一比摔跤。可惜，索尔的表现依然毫不出彩。他使尽全身力气，也只能让猫的一只爪子离开地面；而老乳母爱丽，居然能压得索尔单膝跪地。索尔一行人丢尽了颜面，但还是接受了主人的盛情款待。再吃过一顿丰盛的早餐后，他们就准备踏上返程之旅。

"娇小的"索尔攻击睡梦中的巨人斯克里米尔；巨人的
大手套落在画面正前方。弗里德里希·海涅绘（1882）。

　　乌特加德–洛奇陪他们走出城堡，并揭开了事情的真相。他承认索尔是个危险人物，绝不会再让他进入自己的宫殿。斯克里米尔就是乌特加德–洛奇假扮的。他用魔法线绳扎上了那个装着食物的包裹；入睡之时，他又用魔法挪来了一座山挡在头上，以此抵挡索尔的雷霆重击。证据就是，原本平坦的山顶上现已出现三个方形的陷谷，远远地就能看到。至于在乌特加德中进行的比赛，和洛基比拼的是火，当然能毫不费力地吞噬食槽；和提亚尔菲赛跑的是思维；角杯里的酒和大海相通——索尔没能把它喝干，也就不足为奇了。不过，他的努力确实降低了海平面，这就解释了为什么会有潮汐。那只黑猫不是别的什么，正是中庭巨蟒；老乳母爱丽其实是暮年，每个人迟早都会被她压倒。说完之后，乌特加德–洛奇就和他的宫殿一起消失了。只留下索尔空扬着雷神之锤，正准备向他挥去。

索尔与乌特加德–洛奇的猫搏斗。弗里德里克·理查森绘（1913）。

这个故事可能是斯诺里基于一个较早的版本延伸出来的。在原本的故事里，索尔或许只是遇见了戴着大手套的狡猾巨人，后来才有了火、思维和暮年的化身。在《洛基的吵骂》中（见下文），洛基嘲笑索尔曾经蜷缩在手套里，连装食物的包裹都打不开；至少这些元素是原本就有的。有个细节十分有趣：斯克里米尔的另一个名字是乌特加德–洛奇。在某种程度上，他会不会是洛基的化身呢？这个狡猾的神明是否身兼二角，一面为神勇的索尔充当智囊，一面化身成为巨人，坚决维护巨人国的安全，阻止随时准备大开杀戒的索尔挥舞雷神之锤？当希密尔偷走雷神之锤后，索尔杀光了来参加婚礼的所有巨人宾客，他可以为之欢呼；在希密尔反悔借出大锅的时候，索尔摧毁了希密尔和他的同伙，他可以喝彩叫好；甚至是听人转述了索尔在遥远的东方屠杀巨人的事迹，他也能欣然以对。但是，亲眼看见索尔谋杀一个熟睡之人，那就完全是另外一码事了——而且这人只想让索尔丢脸，并无害人之心。得知自己的对手并非生灵，而是一些形而上的力量，索尔多少恢复了一些自尊。然而，当他明白自己败给了海洋、败给了象征着世界尽头的中庭巨蟒、败给了暮年这段对人影响最大的时期，索尔还是怒不可遏。这两种矛盾的形象集于索尔一身，表明斯诺里并非一味为他歌功颂德，而是从更古老的故事中提取线索，重新对他进行了刻画。

✠ 索尔对战奥丁 ✠

关于索尔在神话体系中的角色，还有最后一点要谈。下面将基于硝烟弥漫的《哈尔巴德之歌》（即"灰胡子之歌"）展开探讨。索尔正在回家的路上，走着走着，来到了一处峡湾。他招呼船夫请求搭船渡海，全然不知撑船的老人就是他的父亲奥丁乔装打扮的。索尔骄傲地夸耀，"在此和你说话的是索尔！"，不料船夫却骂了回去，还和他对着炫耀起来，让索尔大吃一惊。两位神明进入了抬杠的比拼——这是一种正规的斗嘴仪式，双方需要轮流自夸、反驳对方或者予以回敬。索尔吹嘘，自己杀过许多巨人，包括赫朗格尼尔、丝卡蒂的父亲夏基，手下还有不少女性狂战士和女巨人的亡魂。可船夫却并没有回以与之相称的英勇事迹，反而说起了自己勾搭美女的艳史。如果所言不虚，奥丁的风流韵事可真不少。索尔不无艳羡地问："和她们相处得怎么样？"奥丁回应道：

> 我们有过活泼的女子，只要她们报以好感，
>
> 我们有过聪慧的女子，只要她们忠贞不移，
>
> 她们把沙子拧成绳
>
> 从深深的河谷中
>
> 掘出平原；
>
> 仅凭智慧我凌驾于她们之上，
>
> 我和七姐妹共枕席
>
> 赢得了每个人的芳心，美人相伴得享欢愉。
>
> 那时你在做什么呢？
>
> ——《哈尔巴德之歌》，第18节

根据谜语般的描述，这些神秘的女子似乎是某种自然现象，用不同的方式塑造着地形。索尔反击称，自己曾把夏基的眼睛抛到空中，形成了星座，但他的父亲还是不以为然。对于索尔的每一项战绩，奥丁都以率领军队（虽然他似乎并不会亲身战斗）、引诱美女或挑起争端——这是他的经典职能之一，可以帮他挑选合适的人成为英灵战士——作为回应。索尔再怎么吹嘘都无济于事，奥丁始终对他的功绩无动于衷。奥丁还提出了一个有趣的论断："奥丁掌控着死于战场的贵

索尔和赫朗格尼尔的对决

巨人赫朗格尼尔本来是和奥丁赛马，结果诸神贸然邀他进入阿斯加德，并请他喝了杯酒。酒劲上涌，巨人吹起牛来，大言不惭地宣称要拆掉瓦尔哈拉，把它带回巨人国。他还要毁掉阿斯加德，杀光所有神祇，只留下弗蕾亚和希芙，一起带回老家。索尔回到阿斯加德，看见瓦尔哈拉里有个烂醉如泥的巨人，怒从心起。他本来打算就地解决，但赫朗格尼尔手无寸铁，双方便把对决之地选在了赫朗格尼尔的领地的边界上。赫朗格尼尔的心脏是石头做的，他还有一面盾牌也是出自同样的材质。赫朗格尼尔带去的帮手是一个由黏土做成的巨人，名叫摩卡卡尔夫。他本当勇猛过人，可惜巨人们给了他一颗母马的心脏——只有这般庞大的心脏，才能驱动他魁梧的身躯。赫朗格尼尔站在决斗地点，做好了战斗的准备，提亚尔菲跑上前去警告他：索尔就要从你的脚下攻过来了！赫朗格尼尔立刻站在他的石头盾牌上，却眼睁睁地瞥见索尔驾着战车冲了过来，周身电闪雷鸣。赫朗格尼尔拿出了自己的武器——燧石，朝索尔扔了过去。燧石凌空撞上雷神之锤，碎成了几片，其中一片插进了索尔的头骨。与此同时，赫朗格尼尔毫无防御之力，死在了索尔的锤下。他倒在了索尔身上，腿压住索尔的脖子，使他不得脱身。提亚尔菲轻易地击败了摩卡卡尔夫，却怎么也没法把巨人的尸体从索尔身上挪开。最后，索尔的儿子，三岁的玛格尼来了。他是索尔和女巨人雅恩莎撒所生。玛格尼轻轻松松抬起了巨人的腿，解救了被困的父亲。他还对自己没能参加决斗表示遗憾："要是对上那巨人，我能赤手空拳送他下地狱。"插进索尔头骨中的燧石很难取出。索尔向一位女占卜者求助，请她念诵咒语取出碎石。女占卜者正在施咒，索尔突然说起了她的丈夫欧文德。索尔曾经帮助他渡过一条有毒河流去往北方。寒冷冻掉了他的一个脚趾，索尔便把那脚趾扔向天空，化作了晨星。听到这个消息，女占卜者格萝亚激动极了，完全把咒语忘在了脑后。于是，那块燧石碎片就留在了索尔的头骨里，直至今日。

族们 / 索尔拥有的是奴隶一族！"（第 24 节）。在冰岛和挪威，索尔乃是信众最广的神明，可能是因为他掌管着天气，所以对依靠土地或海洋为生的劳苦大众来说至关重要。与之相对，奥丁与贵族以及诗人们最为亲密，这是因为他为他们赢回了诗仙蜜酒；他也是君王的守护神。这首诗末尾，奥丁坚决地回绝了索尔，不肯撑船过去载他过河。他还声称，索尔将会发现妻子希芙对他不忠。索尔百般威胁恫吓，最终还是不得不绕了远路。

在主要的神话中，很多篇章都有表现巨人和诸神对珍宝的争夺，而珍宝实际上象征着对文明某方面的掌控。诸神大多数时候都能占据上风，不过巨人也有所斩获。令人不安的是，到了世界末日——诸神的黄昏——巨人终将取得胜利。洛基是巨人的内奸，诡异地处于诸神和巨人的夹缝之间。下面将会谈到他的来历（我们所知的部分）和角色，一直说到诸神的黄昏现出征兆为止。

❖ 非此非彼 ❖

在诸神之中，洛基是个令人不安和迷醉的人物。没有证据证明他曾经受人崇拜（聪明人都愿意尊奉奥丁为自己的保护神），他的名字也不曾被用来命名任何农庄、山峰或其他景观。据说他的母亲是劳菲，父亲是法布提，一个是女神，另一个可能是巨人。如果他的父亲真是巨人，那就可以解释他为什么天生离经叛道（这种情缘通常是不被允许的），又为什么摇摆不定。洛基位列诸神，和奥丁是有血缘关系的兄弟，彼此还立下誓言。尽管他不怎么把发誓当回事，奥丁却从未轻忽两人的关系。在阿萨神祇的历史中，早早就出现了洛基的身影。他帮助他们解决了与筑墙者达成的协议，还和奥丁、霍尼尔一起周游，查访万事万物。前文提到过一段这样的旅程，他在旅程之中鲁莽行事，致使他将伊都娜出卖给了夏基。我们将在第 4 章中看到，就因为他用石头打死了一只小憩的水獭，引发了一连串的灾难。

洛基模棱两可的特质还表现为能够变换形态和性别。他勾引了筑墙者的骏马斯瓦迪尔法利，生下了最为神骏的天马斯莱普尼尔。《海恩德拉之歌》中还记录了一系列神秘的事件：

> 洛基吃下了一颗心脏，放在椴木火堆上烤成，
>
> 女子的思想之石尝来半生不熟；
>
> 邪恶的女人让洛普特怀上身孕，
>
> 生下了世上所有的食人女妖。
>
> ——《海恩德拉之歌》，第 41 节

洛普特是洛基的别名。由于洛基反常地将女性的心脏摄入体内，他被列入了每个女巨人的族谱之中。《海恩德拉之歌》的主角是弗蕾亚，像这样以她为主的诗歌存世不多。弗蕾亚骑着一头金鬃公猪——看上去是她哥哥那头，去拜访女巨人海恩德拉（意为小狗），向她请教了一系列关于出身和家系的问题。实际上，弗蕾亚的坐骑是受其庇护的奥塔（很可能也是她的情人）。为了获得继承权，他必须背出自己的家谱。尽管海恩德拉不愿帮助弗蕾亚（两人还简短地互相嘲弄了几句），她对问题本身还是很有兴趣并提供了大量信息，甚至超出了奥塔的需要——连洛基怀孕生下女妖都讲到了。在这首诗的结尾，海恩德拉恶毒地诅咒奥塔，而弗蕾亚则得意扬扬地宣告，奥塔已经获得了足够的知识，将会打败他的对手安甘提尔，获得继承权。

❖ 洛基的子女 ❖

洛基和妻子西格恩育有两个儿子，一个被称为瓦利（和奥丁的幼子、为巴德尔复仇的瓦利同名，因此他不大可能叫这个名字）或纳尔，还有一个是纳菲。他们的命运将在第6章进行讲述。他和女巨人安格尔波达还有三个非婚生子女，他们是魔狼芬里尔，中庭巨蟒和冥界女神海拉。这三个怪物让诸神心生警戒。中庭巨蟒被抛到了海里，在海中衔尾盘绕。海拉天生半面红颜，半张脸有着健康的粉色肌肤，另外半张脸则呈现出尸体般的蓝色。因此，她被派去掌管尼福海姆（雾之国）：平民（女人、小孩和并非战死沙场的男子）死后皆归此处。

魔狼芬里尔就留在阿斯加德养育。然而他的食量太大，很快就把诸神吃得倾家荡产。他们决定，必须得把芬里尔锁起来才行。诸神找不到足够结实的锁链，试了好几次都失败了，逗得芬里尔兴高采烈。诸神与侏儒达成约定，侏儒将为他们打造一条魔法锁链。这条魔法锁链由六种材料构成，其中有几样根本不是世间之物：如猫的脚步声，女人的胡须，大山的根，鱼的呼吸。还有几样比较常见：熊的肌

洛基的子女：中庭巨蟒、芬里尔和海拉。威利·波加尼绘（1920）。

腱和鸟的唾液。造出来的锁链轻软丝滑，就像是一条无害的缎带。芬
里尔闻了闻，嗅到了鱼的味道。他答应试着戴上镣铐，不过他要求诸
神做出保证，万一他无法挣脱锁链，诸神必须给他松绑。诸神正在犹
豫，提尔勇敢地站了出来，把右手放在芬里尔的嘴里作为担保。芬里
尔的爪子被锁链捆了起来，一待他开始挣扎，锁链立刻变得坚逾铁石。
然后，斯诺里说："所有人都笑了，只有提尔除外。因为他失去了一只
手。"芬里尔被关在一个山洞里，上颚与下颚之间被一柄宝剑撑开，这
样他的嘴就合不拢了。他的嘴里源源不断地淌下唾液，在另一个世界
中汇成了一条大河。他在那里等待着时间的终结，等待着诸神的黄昏
的到来。

　　关于洛基本人以及他在世界末日的前兆事件中所起的特殊作用，
第 6 章将会另行叙述。在下一章中，我们将转而介绍北欧传说中的人
类英雄：《皇家手稿》的后半部分都是歌颂他们的英雄史诗。这些英雄
是沃尔松格，他的儿子西格蒙德，还有西格蒙德的后裔——他们都是
洛基的怪物子女。

被缚的芬里尔。出自 18 世纪冰岛手稿。

洛基的怪物子女

洛基的子女们代表着这个被创造出来的世界形而上的局限之处。芬里尔是时间之力的具象化；他的亲族伸长舌头、张大嘴巴，追逐着太阳和月亮的轨迹穿过天空。在世界末日那一天，他们将把日月彻底吞噬。中庭巨蟒标志着已知海域的边界；他也被称作"世界之环"，头尾相接，将整个世界环抱其中。海拉是死亡的人格化。我们将在后面看到，她是一个好客的女主人，殷勤地迎接死者来到她的宫殿，来到这个再也无法离开的归宿。在第 2 章中，我们认识了许多热情诱人的致命女性——她们等待着男子的到来，准备用永恒的怀抱迎接他们——海拉就是这些女子的原型。

4

配享瓦尔哈拉：人类英雄

◈ 保护神奥丁 ◈

在所有的神明之中，人们最乐于向奥丁和索尔祈求帮助，至少现存的文献是这样记载的。由于英雄文学主要是为社会精英撰写的，难怪奥丁时常被描写为君王的先祖、英雄的保护神。奥丁在《格里姆尼尔之歌》中做了一番华丽的演说，展现了自己的智慧。他被人绑在两堆篝火间，没吃没喝，受了八天八夜的折磨。国王的儿子阿格纳给了他一角杯酒，引得奥丁揭示了自己的身份和力量。奥丁一开始是如何落到这步田地的呢？诗前面的散文（可能是很久以后才有的）介绍说，奥丁和弗丽嘉抚养了国王何劳东的两个儿子。两个孩子本来打算出海钓鱼，结果漂离了故乡。他们攀上一处海岸，附近正巧有一户小小的农家。家中的老妇人选择看顾哥哥阿格纳，而老头子则担负起抚养弟弟基罗德的责任。其实，这两个人都是乔装打扮的神明。第二年春天，

弗丽嘉和奥丁坐在至高王座希利德斯凯拉夫上，看到受奥丁庇护的国王基罗德对待客人十分吝啬，弗丽嘉因此胜过奥丁一筹。劳伦斯·弗洛里希绘（1895）。

老头子找来了一艘船送兄弟俩返回家乡。分别之前，他在基罗德耳边悄声耳语。当他们抵达父亲的疆土时，基罗德抢先跳上了岸，巧妙地一推，连船带兄弟一起推回了海中。他还喊道："滚到巨怪那里去吧！"小船越漂越远，阿格纳的身影消失在海中。

后来有一天，奥丁和弗丽嘉坐在至高王座希利德斯凯拉夫上，放眼展望世界。奥丁忍不住想要证明自己更胜一筹。他说："看！你的养子在山洞里和女食人魔生孩子呢。而我的养子正在统治一个王国。"弗丽嘉反驳道，基罗德根本不是个贤明的国王；他舍不得和人分享食物，他要是认为客人太多，就会折磨他们。奥丁对此疑惑，非要亲自去调查清楚。弗丽嘉派侍女芙拉前去警告基罗德，说有个巫师将去拜访他。基罗德立刻把来客抓起来进行拷问。奥丁进行了慷慨激昂的独白，最后揭示了自己的身份：

> 恐怖者就要带走
> 被兵器杀害的将死之人；
> 我知道你的生命已终结；
> 狄丝已将你背弃，如今你可瞻仰奥丁，
> 若是有胆你就上前！
>
> ——《格里姆尼尔之歌》，第 53 节

基罗德急忙上前解救他的客人，不料滑了一跤，摔倒在自己的利剑上，一命呜呼。他的儿子阿格纳继承了王位，基罗德用了遭到背叛的兄弟的名字来给他命名。

作为王权之神，奥丁必须确保统治者们慷慨大方，这是他们必须履行的重要职责。然而，他在这个小故事中的角色也表明，运用欺诈和机变的手段对夺取王位来说可能也是必不可少的。尽管散文的作者坚持认为，指责基罗德吝啬明显有失公正，奥丁遭受折磨也是弗丽

嘉毁谤的结果。然而，基罗德毕竟虐待了客人——不管客人是不是巫师——那么他的判断就应该受到质疑。基罗德对兄弟要诈，几乎可以肯定是出于奥丁的煽动，但命运——或者说神明的干预，他们之间私下的游戏——最终让第二个阿格纳坐上了王位。这个阿格纳受到了奥丁的垂青，因为他给过奥丁一角杯酒，相当于献上了祭品，默认了奥丁的身份。阿格纳继位之后，统治了国家很长时间。

❖ 沃尔松格家族和致命的宝剑 ❖

本节中所要讲述的王朝是沃尔松格家族，他们的家族历史和奥丁紧密相连。根据他们的家族史诗（大约创作于1250年左右），这个家族中最古老的成员是奥丁之子希吉。希吉因杀死了一名奴隶而触犯了法律。奥丁为他安排了几艘战船，希吉便乘船征战。他挣下了一笔家当，创建了自己的王国，娶得佳人为伴。结果，他妻子的兄弟策划谋反，趁希吉之子利里尔出门在外，谋杀了希吉。利里尔返回家乡，杀死了所有参与谋杀的反叛者。就这样，血亲谋杀和谋反叛乱从一开始

魔苹果

　　王朝代代相传，不能不接续香火。希吉的儿子利里尔却始终没有子嗣。弗丽嘉请奥丁出手相助，奥丁就派一名女武神送去了一个魔苹果。利里尔和王后（可能是）当即分食了苹果，王后随即有了身孕，但怀胎的时间却长达六年！王后死于生产的过程，剖腹留下了一个大块头婴儿，他就是沃尔松格。长大以后，沃尔松格娶了当年助他父母怀孕的女武神赫尔约德为妻。女武神为他生下了至少十个儿子和一个女儿，其中最小的两个兄妹是一对龙凤胎：男的叫作西格蒙德，女的叫作希格妮。

奥丁把宝剑插在沃尔松格宫殿中的布兰斯托克
大树上。埃默尔·丢普勒绘（1905）。

就刻进了沃尔松格家族的历史。

希格妮长大以后，沃尔松格把她许配给了瑞典南部约特兰的国王希吉尔。举办婚宴之时，一个独眼老人突然走进了沃尔松格的宫殿。他把兜帽拉得很低，遮住了双眼，手中握着一柄出鞘的宝剑。他把宝剑插了大殿正中的大树布兰斯托克，宝剑没入树干，只露剑柄。老人宣布，不管是谁，只要有人能从树里拔出宝剑，剑就归他所有：世间再无第二柄神兵利器能与之争锋。

就像亚瑟王神话中的石中剑，这柄剑也只能被奥丁选中的人拔出来；到头来，这个人是希格妮的兄弟西格蒙德。他的新妹夫希吉尔提出，愿意用三倍重量的黄金交换宝剑，却遭到了西格蒙德的拒绝：如果上天注定宝剑归希吉尔所有，那么他就应该能把它拔出来。希吉尔没有再做纠缠，但祸患的伏笔已经埋下。不久之后，希吉尔和希格妮

树中剑

　　我们知道，这个来到沃尔松格宫殿、把一把宝剑插进树里的神秘陌生人正是奥丁。往好处想，他之所以这么做，是为了给自己的下一代后裔赠送礼物。或者也可以认为，他其实是为了种下祸乱的根源，看看沃尔松格的十个儿子中谁才配得上延续血脉。沃尔松格宫殿中的大树布兰斯托克让我们想起了尤克特拉希尔，因为世界之树纵贯世界的中轴，就像布兰斯托克贯穿沃尔松格大殿的中央。布兰斯托克的意思是"子孙柱"，突出了这部史诗对家系的关注：沃尔松格王朝从暴躁傲慢的希吉传承到沃尔松格以及他的子嗣，从魔法造就的神明与女武神的英雄之子变成了更加人性化的英杰，尽管其父母的受孕方式还是有些传奇。

回请沃尔松格和他的儿子们，邀他们前往约特兰做客。然而，这其实是一个陷阱。希吉尔袭击了妻子的亲族，沃尔松格当场战死，十个兄弟沦为俘虏。

　　希格妮竭尽全力，想要从丈夫的刀下救出哥哥们。希吉尔听从了她的乞求，把十兄弟丢在树林里，绑在了树干上。希格妮还在筹划如何营救，时间却在一天天地过去。每天晚上，树林里都会出现一头巨狼（有人说狼是希吉尔的巫婆母亲变的）吃掉十兄弟中的一个，最后只剩下了西格蒙德。希格妮终于找出了解救他的办法。她派仆人给双胞胎哥哥送去了一些蜂蜜，西格蒙德将蜂蜜涂在脸上，等待巫婆化身的巨狼。巨狼到来之后，没有直接把他吞下肚，而是先舔起了他脸上的蜂蜜。西格蒙德抓住机会，张口咬住了巨狼的舌头，死死不放，直到把它咬断。巨狼在剧痛之中挣扎翻滚，撕碎了困住西格蒙德的木柱。巨狼痛苦而死，西格蒙德得以逃入森林深处。

被缚的西格蒙德咬住了巨狼的舌头。威利·波加尼绘（1920）。

❖ 复仇、乱伦和狼人 ❖

西格蒙德孤身一人，无法对抗希吉尔麾下的大军，根本没机会报仇雪恨。希格妮和她的杀父仇人倒是生下了两个儿子。可她测试过他们的胆识气概，发现他们太过屠弱，无法和他们的舅舅一起并肩作战，就把他们都杀了。生不出一个合格的复仇者，希格妮十分沮丧。她和一个流浪的女巫交换了容貌，然后去找西格蒙德。他们在西格蒙德的地下巢穴中一度春宵，女巫则代替希格妮陪在希吉尔身边。就这样，希格妮生下了纯正血统的沃尔松格后裔：辛弗尤特。他轻松通过了母亲和舅舅设下的所有考验，于是被送到西格蒙德身边，和他一起生活。辛弗尤特极为强悍，他和父亲在森林里找到几张可变身的狼皮后，就化为狼形，并一起当过一段时间狼人。然而，有一次他们以狼的形态厮打起来，西格蒙德失手咬穿了亲生儿子的喉咙。所幸有一只乌鸦（无疑是奥丁）给悲痛的西格蒙德送来了一片魔法药草，辛弗尤特得以起死回生。否则，他们的复仇大计就化为泡影了。

父子二人做好复仇的准备后，就前往希吉尔的宫殿复仇。他们潜伏在外屋，躲在一堆酒桶后面。不料希格妮两个小孩子中的一个发现了他们的踪迹。希格妮劝他们杀掉自己的孩子，以防走漏风声。西格蒙德心软了，不愿亲手杀死妹妹的孩子；而辛弗尤特却毫无心理负担。他把两个小孩子都杀了，还把尸体扔在希吉尔面前挑衅。他们双双被俘，被人深埋在墓穴之中。但凭借希格妮的帮助，他们又一次逃脱了，并放火点燃了希吉尔的宫殿。希格妮披露了辛弗尤特的身世，吻了吻自己的哥哥和孩子，主动投身火海。她这一生只为替父兄报仇，如今夙愿已了，再也不愿背负着乱伦的耻辱苟活下去。

最终，西格蒙德带着身世离奇的儿子回到了祖辈的土地。他娶了妻子，又有了两个儿子，他们的故事将在下文讲到。不论是作为伙伴还是兄弟，辛弗尤特都对父亲的继承者们忠心耿耿，但他终究死于继母的背叛。

辛弗尤特的考验

在把辛弗尤特派往西格蒙德身边之前，希格妮把他的衬衣缝在了他身上。缝衣针穿过血肉和布料，把它们连在了一起，然后希格妮又把衬衣从辛弗尤特身上扯了下来，问他觉不觉得疼。男孩骄傲地回答："沃尔松格祖父不会为此感到痛苦。"希格妮受到了鼓舞，便派他去森林中找西格蒙德。西格蒙德给了他一袋面粉，让他在自己外出期间把它做成面包。西格蒙德回来以后，辛弗尤特把做好的面包递给他。西格蒙德没有吃，因为他在袋子里藏了一条毒蛇。辛弗尤特说，他注意到袋子里有东西在动，但他照样把那东西揉进了面团，直到它不再动弹。希格妮和希吉尔的孩子也曾面对同样的考验，但一看到袋子里有东西在蠕动，他们都吓呆了，更别提做什么面包了。辛弗尤特显然足够凶猛，可以为死去的父辈和祖父复仇。

辛弗尤特之死

　　西格蒙德新娶的妻子叫作博格希尔德。博格希尔德有一个兄弟，他和辛弗尤特竞相追求同一个女子。两个情敌展开了对决，博格希尔德的兄弟被辛弗尤特杀死了。博格希尔德准备了一角杯毒酒，把它递给自己的继子。辛弗尤特十分机警，看出毒酒形态有异，接连两次向父亲说出了自己的疑虑。西格蒙德百毒不侵，听了这话不甚耐烦，拿过酒杯一饮而尽，完全感觉不到异样。博格希尔德第三次送上毒酒，辛弗尤特再度重申了自己的疑虑："父亲，这杯酒是浑浊的！"西格蒙德答道："把它倒在你的胡子里吧，孩子！"辛弗尤特便把它倒进了嘴里，中毒身亡。西格蒙德痛苦万分，抱起尸体夺门而出，直到被一道海湾阻拦了脚步。这时，海湾边出现了一名船夫。船夫表示可以载西格蒙德渡海，但他的船太小，仅能容下一具尸体。船夫让西格蒙德徒步绕过海湾，然后撑船离去，消失不见。这一次，即使不说明这名船夫是个独眼老人，我们也能猜出他就是奥丁。他来迎接辛弗尤特，带他前往瓦尔哈拉。

西格蒙德把儿子辛弗尤特的尸体递给神秘的船夫。
约翰内斯·盖尔茨绘（1901）。

1896 年瓦格纳的歌剧《女武神》中的瓦尔基里。

❖ 神圣英雄海尔吉 ❖

《沃尔松格萨迦》中还穿插了两首埃达诗歌，讲的是西格蒙德和博格希尔德之子海尔吉的故事。海尔吉这个名字意为"神圣者"，他的故事可以被归为一种反复出现的传说：英雄和女武神坠入爱河（参见第 5 页）。这个故事之所以被插入沃尔松格家族的历史中，是因为这名神圣的英雄也不是石头里蹦出来的，而西格蒙德正是一位合格的父亲。海尔吉十分早熟，就和奥丁之子瓦利一样：

> 西格蒙德的儿子披甲挺立，
> 昨天他才刚刚出生；新的一天已经来临！
> 目光锐利有如武士，
> 他是群狼的好朋友，我们应当欢欣鼓舞。
> ——《海尔吉·匈丁斯巴纳的第一首谣曲》，第 6 节

乌鸦们互相观望着。它们对这个出类拔萃的孩子满怀期待，兴奋地盼望着他能给这些战乱之兽带来尸体的盛宴。

战乱之兽

战乱之兽包括乌鸦、鹰和狼。在日耳曼传说中，它们可以预知战争发生的时间，提前来到杀戮之地，贪婪地等待腐肉的盛宴。在北欧诗歌中，夸奖一个国王常常给狼群提供早餐，乃是对君主的最高赞誉。

海尔吉崭露头角是在年仅 15 岁的时候，他杀死了国王匈丁和他的儿子们。在凯旋的路上，海尔吉遇见了希格露恩。这名美丽的女武神倾慕于他，恳请他帮忙解决自己的终身大事。她的父亲想把她许配给胡德布罗德，"可是，海尔吉，要让我说说胡德布罗德 / 作为国王他弱小得像只猫咪！"希格露恩补充道。海尔吉答应助她一臂之力。尽管诗中把大海写得危险万状、动人心魄，海尔吉还是跨过海洋，抵达了胡德布罗德的国度。胡德布罗德及其人马正在那里等待着他：

> 船桨击水金铁相交，
> 盾牌撞上盾牌，维京勇士继续划桨；
> 在贵族的指挥下一路飞驰，
> 将领的船只冲到远洋之上。

> 海尔吉命人放下高高的风帆，
> 他的船员不惧迎击海浪，
> 埃吉尔可怕的女儿们
> 想要掀翻这匹套着笼头的波上骏马。

—— 《海尔吉·匈丁斯巴纳的第一首谣曲》，第 27 、29 节

哥得兰尚维德石画上的维京时代航船。

　　埃吉尔可怕的女儿就是海浪，"套着笼头的波上骏马"则是海尔吉的长船。这场战斗以海尔吉的胜利告终，欣喜若狂的希格露恩投入了他的怀抱。《海尔吉·匈丁斯巴纳的第一首谣曲》（此处为古诺斯语音译，原文为Helgakvitha Hundingsbana，意为"匈丁的屠夫海尔吉"——译者注）就在这里结束了。《海尔吉·匈丁斯巴纳的第二首谣曲》中对故事的前一部分进行了更加详细的说明，希格露恩也显得更加人性化。身为一个女武神，她本该为厮杀欢欣雀跃，但当她听闻父亲和兄弟死伤殆尽，仅剩一人，她还是难过得畏缩不前，即便这让她有了选择丈夫的自由。海尔吉和她幸存的兄弟达格达成了和平协定，可不久之后，达格为报仇雪恨向奥丁献祭。奥丁赐给他一支矛，他就用它把海尔吉杀死了。

　　海尔吉的魂灵还逗留在人世间；有个侍女告诉希格露恩，她看到了海尔吉的死灵，他带领着他的随从，骑马进入坟茔。希格露恩高兴极了，"就像奥丁贪婪的鹰隼／得知了杀戮的消息，嗅到了热气腾腾的血肉"；正如海尔吉出生之时的那群乌鸦，欣喜地对他的勇猛赞许有加。希格露恩毫不畏惧，和死去的丈夫在坟堆之间度过了最后一个热情似火的夜晚。她亲吻他血迹斑斑的嘴唇，与他共饮美酒。海尔吉告诉她，他之所以不得安宁，是因为被她的眼泪惊扰；她的悲伤过于深重，使他无法前往下一个世界。黎明到来，海尔吉和他的随从骑马前往瓦尔哈拉，一去不复返。尽管希格露恩终于让她的丈夫离开，但她的悲伤依然无法消散，不久她便郁郁而终。

❖ 屠龙者希格尔德 ❖

辛弗尤特死了，西格蒙德和博格希尔德决裂，王位无人继承。西格蒙德向国王艾利米求亲，想要迎娶比他年轻许多的公主约尔迪丝。国王莱格尼也前去求亲，他是被海尔吉杀死的国王匈丁的儿子。在两人之间，约尔迪丝选择了年纪较大但威名更盛的西格蒙德，两人缔结了良缘。莱格尼率军入侵作为报复。西格蒙德和约尔迪丝的父亲携手抵抗侵略，约尔迪丝此时已有身孕，便和仆从逃入树林藏身。西格蒙德虽然年事已高，但神勇依旧、无人能敌，直至一个戴着宽檐帽、披着深色斗篷的独眼男子出现在他面前。这人用长矛格挡西格蒙德的宝剑，宝剑遭此一击四分五裂。战场上的形势登时逆转，西格蒙德和岳父艾利米双双战死。

约尔迪丝从濒死的丈夫身边拾取了宝剑的残骸，然后被西格蒙德的盟友、国王埃尔弗从战场上救了回去。在埃尔弗的宫廷里，约尔迪丝生下了希格尔德，铁匠雷金将他抚养长大。雷金自有他的目的：他想利用年轻的英雄杀死自己的亲兄弟魔龙法夫尼尔，夺取法夫尼尔守卫的宝藏。然而希格尔德却有更重要的事要做。希格尔德的继父让他去马场给自己挑匹坐骑，他在那里遇见了一个生着络腮胡的男子。听

1938 年，在瓦格纳的《女武神》中扮演布伦希尔德的齐尔斯腾·芙拉格斯塔特。

瓦格纳的版本

瓦格纳的《女武神》是歌剧《尼伯龙根之歌》系列的第二部。在这部歌剧中，西格蒙德和妹妹齐格林德长期分离；妹妹嫁给了匈丁，生活并不幸福。西格蒙德为了摆脱敌人，前往妹妹家避难，兄妹俩坠入了爱河。尽管明知彼此之间存在血缘关系，他们还是有了夫妻之实。次日，西格蒙德不得不与匈丁决斗，沃坦判定西格蒙德将会落败。沃坦派自己的女儿女武神布伦希尔德前去监督战况。然而，布伦希尔德怜惜西格蒙德英勇过人，差点就让他获得了胜利。此时，沃坦突然出现，挥出自己的永恒之枪昆古尼尔，击碎了西格蒙德的宝剑诺通。西格蒙德死在了匈丁手中。布伦希尔德拾起宝剑的碎片，带上齐格林德一起逃走了。沃坦为了惩罚犯错的女儿，剥夺了她的神格，谕令她必将嫁为人妻。怀有身孕的齐格林德逃入树林藏身，后来生下了大英雄齐格弗里德。

左边为雷金，右边为希格尔德，两人正在重铸西格蒙德的宝剑格拉姆。
此为挪威希勒斯塔德教堂木门上的雕刻细节，见于 1200 年。

从了络腮胡男子的建议，希格尔德选中了一匹叫作格拉尼的骏马。男人
告诉他，此马是奥丁的坐骑——八足天马斯莱普尼尔——的后代。不久
之后，希格尔德就创下了第一桩英雄事迹。雷金为他重铸了西格蒙德的

法夫尼尔化身为龙

雷金和法夫尼尔是亲兄弟，他们还有一个弟弟欧特。欧特常
常变成水獭下水捉鱼。有一天，洛基、奥丁和霍尼尔碰到了变成
水獭的欧特，洛基朝他扔了一块石头，把他砸死了。三位神明剥
下了水獭的毛皮，又贸然在欧特的父亲赫瑞德玛尔面前拿了出来。
赫瑞德玛尔当即为了儿子的死向他们索要赔偿。诸神逮住了侏儒
安德瓦利，拿走了他全部的黄金，连一枚指环都没有放过。愤怒
的侏儒在戒指上降下了诅咒。宝藏刚落到赫瑞德玛尔手中，立刻
招致了两个儿子的觊觎。法夫尼尔为了宝藏杀死父亲，显然是诅
咒生效了。法夫尼尔变成了一条龙，整天躺在财宝堆上，与此同
时，雷金正盘算着如何从他手中夺取黄金。

希格尔德杀死魔龙法夫尼尔。位于挪威希勒斯塔德
教堂的木门上的雕刻细节，见于 1200 年。

宝剑格拉姆。希格尔德出海征讨莱格尼国王，为父报仇。希格尔德大获
全胜，赢得了盛名。时机已到，他将屠杀恶龙，证明自己的英雄气概。

　　雷金带着希格尔德前往巨龙盘踞的荒原，在那里法夫尼尔日日躺
在成堆的黄金上。雷金建议希格尔德在地上挖一个坑，藏身其中，趁
巨龙爬去河边饮水之时，希格尔德就可以自下而上捅穿他的心脏，然
后便可全身而退。希格尔德正准备动手挖坑时，一个长着络腮胡子的
老人出现在他面前，建议他多挖几个坑，这样就能让龙的毒血安全地
淌到别处去。老人说完话就消失了。这是希格尔德最后一次见到家族
的守护神——奥丁。我们将会看到，实际上这也是奥丁最后一次出现
在这个系列的传说之中，除了在故事的最后，他又在哈姆迪尔和苏尔
莱死亡之时出现了。希格尔德和法夫尼尔的对决颇为平淡，毫无传奇
色彩。挖好的陷阱成功地发挥了作用，巨龙垂死挣扎，在死前向年轻
的英雄传授了一些预言（"我的兄弟将会置你于死地，就像他对我所做
的一样"）和智慧。雷金从藏身之地蹿了出来，让希格尔德为他烤制龙
心，自己却去休息了。希格尔德奉命行事。烤着烤着，他戳了戳心脏，

1030 年，瑞典的拉姆松德石刻。一圈卢恩符文构成了龙的身躯，希格尔德从下往上将其刺穿。从左向右，龙身环绕的图案分别是死去的雷金，品尝龙血的希格尔德，骏马格拉尼和栖息在树上的爱说话的鸟儿们。

石画上的希格尔德

维京时代的石碑上常常绘有希格尔德的历险，最知名的版本就是瑞典的拉姆松德石刻。石刻上展现了故事的全过程，从欧特之死，到希格尔德屠龙（希格尔德刺穿的卢恩符文条带就是龙身），再到火烤龙心、鸟儿预警，以及最后的雷金之死。在瑞典还发现过其他一些卢恩石刻，上面描绘着相似的图像，只是完好程度有所不同。在英国的石刻上，希格尔德舔舐大拇指的图案也十分常见，例如在约克郡的里彭和科比就有发现。在马恩岛上找到了许多石刻的十字架，上面雕刻着关于希格尔德的场景。还有一块特别完好的画像石，它被标记为 Andreas 121。画面上，希格尔德正在烧烤法夫尼尔的心脏（还把它们整齐地切成了一个个圈），并把手指伸进嘴里。骏马格拉尼从他的肩膀上探头张望，竖着耳朵倾听鸟儿们的交谈。在马恩岛的其他地方，我们还能看到希格尔德屠龙的画像；还有一块石刻则展现了洛基投石打死欧特和格拉尼驮着黄金的场景。

想看看它烤熟没有，结果被灼热的心脏烫伤了手指。他含住手指想要缓解痛苦，突然间发现自己能听懂鸟儿说话了。一群鸸鸟栖息在近旁，正叽叽喳喳地警告他：就像法夫尼尔所说的那样，雷金打算把他杀死独占黄金。希格尔德防患于未然，砍下了雷金的头，让格拉尼驮着宝藏，开始了下一段征程：去欣德费尔邂逅沉睡的女武神。

希格尔德烧烤着切成薄片的法夫尼尔之心，格拉尼探过他的肩头张望。
见于马恩岛维京时代石刻十字架 Andreas 121 的细节。

托尔金笔下的龙

　　J. R. R. 托尔金在《霍比特人》中创造了一头名叫史矛革的龙，这个名字来源于古诺斯语的"爬行"。史矛革的参照对象是《贝奥武甫》中的龙，可以飞行喷火的怪物。但史矛革还能口吐人言，这就不像古英语史诗中的龙，更像是法夫尼尔。霍比特人比尔博和他交谈许久，用谜语般的对话转移了他的注意力。与此同时，比尔博窥测出了巨龙的弱点——他的腋窝处鳞甲薄弱。一只友善的画眉鸟把这个秘诀告诉了弓箭手巴德，使他得以射下翱翔空中的巨龙。巴德是河谷镇的后裔；他们全都像希格尔德一样，可以听懂鸟儿的话。

《沃尔松格萨迦》是基于早先的埃达诗歌写成的，而古英语史诗《贝奥武甫》可能比原本的埃达诗歌还要古老。在《贝奥武甫》中，屠龙之战被归功给西格蒙德，而非他的儿子希格尔德，而且斗争过程更为惊心动魄。贝奥武甫本人也参与了这场与潜伏在他王国古墓中的贪恋财宝的巨龙的洪荒之战。因为有人盗走了一只金杯，巨龙勃然大怒，四处喷火破坏。在年轻的亲族威格拉夫的帮助下，贝奥武甫杀死了怪兽，拯救了人民，赢得了宝藏，却付出了生命的代价。《贝奥武甫》中的巨龙生有双翼，还能喷出火焰，比蜿蜒爬行的法夫尼尔更难对付；要想杀死它，必须把它困在古墓之中，扛住它的火焰吐息和它贴身肉搏。北欧还有另外一个伟大的屠龙者，名叫毛裤子拉格纳，第 5 章中会讲到他的故事。他不但用计杀死了怪兽，还留得性命将故事传扬出去。

❖ 希格尔德和女武神 ❖

希格尔德吃下了法夫尼尔的心脏，按照友善的鸟儿的指引，前往欣德费尔。这座山峰四周有盾墙环绕，围墙中沉睡着一位披着锁子甲的女武神。她违背了奥丁的命令，将胜利赐予了一位年轻英俊的王子，让他击败了年长的对手，因此受到了奥丁的惩罚：奥丁用沉睡荆棘将她刺伤，并谕令她必将嫁为人妻。年轻的英雄唤醒了沉睡的女武神，获得了热情的欢迎。女武神给了他一杯"记忆之酒"，向他传授了种种魔法技艺和处世之道。接下来的故事在北欧神话中出现了不同的版本。埃达诗歌把这位女武神称作西格德里弗（胜利的推动者），而且她的建议还没说完，诗歌就结束了，标志着后面的一整段手稿业已遗失。在接下来的一首诗中，希格尔德已经来到了凶鸟基家族（详见下文）的王庭，因为妻舅的欺骗陷入了三角恋情之中。在《沃尔松格萨迦》中，

柏林齐格弗里德喷泉中的希格尔德（即齐格弗里德）雕像。小埃米尔·考尔塑（1911）。

这位女武神的名字变成了布伦希尔德。在这里，她替代了西格德里弗的职能，却不仅限于给英雄提出重要的忠告，还起到了更大的作用。

布伦希尔德这个角色里显然有女武神的成分，因为在萨迦中，希格尔德在山上对她许下婚约，然后就继续骑马上路了。至少在萨迦中，年轻的英雄把英雄—史诗的世界抛在身后，进入了宫廷的浪漫氛围。这里和过去的所有王宫一般，充满了两面三刀的权谋。尽管希格尔德先发制人杀死了自己的养父，但他还没有做好准备，难以应对即将遭遇的种种政治伎俩。

希格尔德来到凶乌基家族的王宫，宫殿坐落在莱恩河畔的沃尔姆斯。古恩纳尔和霍格尼两位王子热情地欢迎了他，王后格莉希尔德意欲和他联姻，把自己的女儿——公主古德露恩——嫁给他。古德露恩很快爱上了英俊的来客；格莉希尔德给希格尔德喝下了带有魔力的"遗忘之酒"，让他忘记了从前的誓言，很快和古德露恩许下了婚约。

沃尔松格传说的现代重构

作家马文·伯吉斯曾经基于沃尔松格传说写过两部青少年小说。故事设定在未来的赛博朋克英国，基因工程已经普及，敌对的黑帮势力争夺着伦敦的控制权。第一本书《血潮》（1999）重述了西格蒙德和希格妮的故事，第二本书《血颂》（2005）则追寻了希格尔德的命途：他需要从地下城解救出被困的布莱安妮——相当于布伦希尔德；面对两个朋友古纳尔和霍格尼做出的欺骗之举。伯吉斯从电脑游戏、电影和漫画中获取灵感，进行了杰出的想象创造。两本小说都生动地重构了传说，契合了青少年追寻自我、探索信念的挣扎努力。

这时，古恩纳尔决心觅一佳人为妻，恰巧听闻了女武神布伦希尔德的芳名。布伦希尔德住在被火墙环绕的宫殿里，并且发下誓言，只有可以越过火墙的勇士，才能成为她的丈夫。两个年轻人一同前往，但古恩纳尔的马却被火墙吓得止步不前，只有格拉尼才有胆略越过熊熊烈焰。借助格莉希尔德的魔法，古恩纳尔和希格尔德互换了容貌。顶着古恩纳尔的脸，希格尔德跨过了火墙，和布伦希尔德共度三天三夜。每天晚上，他都把自己的宝剑放在床中间，以证两人的清白。布伦希尔德十分懊恼，觉得事情完全不对头：难道不是只有她的未婚夫希格尔德才可以跨越火墙吗？为什么在此要娶她为妻的人却明明白白是古恩纳尔？

两对新人一起举办了婚礼。在婚礼上，"遗忘之酒"的效力消退了；希格尔德想起了曾经发下的誓言，却决定保持沉默。眼见希格尔德背叛了自己，布伦希尔德又惊又痛。后来有一天，当古德露恩和布伦希尔德一同在河中沐浴，谈起前事，两人陷入了争执。古德露恩揭露了事情的真相，布伦希尔德终于知道自己上当受骗了。布伦希尔德把自己关在房里，一心想要报复。古恩纳尔和霍格尼都安慰不了布伦希尔德，哪怕悔恨的希格尔德提出休妻再娶，也无法平息布伦希尔德的怒火：

> 我一定要拥有希格尔德——不然就要了他的性命——
> 我必会把那个年轻人抱在怀中。

> 此刻说出的话稍后将令我追悔，
> 他已有古德露恩为妻，而我嫁给了古恩纳尔；
> 可恨的诺伦女神让我们永受折磨。……

> 我已失去幸福也没了丈夫，
> 只能从残忍的念头里获得抚慰。
> ——《西古尔德的短诗》（西古尔德在本书中
> 译作希格尔德——译者注）第6、7、9节

　　还有一些分歧之处出现在埃达诗歌之中缺失的几页之后。接下来的诗歌里，布伦希尔德的哥哥艾特礼逼她出嫁，如若不从，她就拿不到属于自己的那份遗产。布伦希尔德不愿牺牲自己的自由，便设下了火墙的考验，发誓只嫁给能够越过火墙的勇士——然而她受到了欺骗，誓言没能兑现。布伦希尔德告诉古恩纳尔，希格尔德才是她的"第一个男人"；鉴于他们之前已经有过婚约，这么说也不无道理（在另一个传说中，他们两人还有一个女儿，参见第5章）。古恩纳尔误解了她的话，以为希格尔德撒了谎，在跨过火墙之后并没有和布伦希尔德保持距离。古恩纳尔不想失去布伦希尔德和她的财产，但布伦希尔德却不愿顺从于他。霍格尼衷心地希望，要是他们都不曾见过布伦希尔德就好了，而布伦希尔德则想致希格尔德于死地。

在《诸神的黄昏》的结尾，布伦希尔德骑着
格拉尼冲进火焰。亚瑟·拉克姆绘（1911）。

这场家庭纷争很快到了紧要关头。古恩纳尔和霍格尼曾经对希格尔德发过毒誓，因此不敢亲自动手。可他们最小的弟弟古特乌姆不曾许下诺言，他们便给他喂下了强力的魔药，让他杀死希格尔德。在不同的埃达诗歌中，希格尔德的死亡地点也有所不同。有一首诗说，英雄死在回家的路上。失去主人的格拉尼跑回家，找到古德露恩，传递了他的死讯。还有一首诗说他死在森林里，是在外出捕猎时被杀，中古高地德语的《尼伯龙根之歌》里也是这个版本。在最有分量的一篇古诺斯语传说中，古特乌姆把希格尔德杀死在床上，旁边还睡着古德露恩。当古德露恩醒来之后，发现自己沐浴在丈夫的鲜血之中。古德露恩遭此重创，一开始哭都哭不出来，直到姐妹们让她看到了丈夫的尸体。布伦希尔德的怒火依然没有平息；她对这些女人发出诅咒，怪她们让古德露恩恢复了理智。古德露恩前往丹麦避难，远离希格尔德死后的喧嚣纷争。复仇显然不在她的考虑范围之内：若是为丈夫之死杀死谋害他的兄弟手足，她的亲族也将被毁灭殆尽，并不能给她带来

瓦格纳笔下的布伦希尔德和齐格弗里德

在瓦格纳笔下，布伦希尔德是在第三部《齐格弗里德》的第三幕被英雄齐格弗里德唤醒的，并且两人似乎打算永远幸福快乐地生活在一起。可在最后一部歌剧《诸神的黄昏》的开头，因为渴望着更多的冒险，齐格弗里德辞别了爱人，顺着莱茵河扬帆而下，来到了冈瑟、哈根（尼伯龙根的阿尔伯里希之子，冈瑟同母异父的兄弟）和妹妹古特伦的家族。就像萨迦中所说的那样，他们用"遗忘之酒"和交换容貌展开了秘密的骗局。布伦希尔德上当受骗，不情不愿地嫁给了冈瑟。等到布伦希尔德得知事情的真相，她把齐格弗里德的致命弱点告诉了哈根。当他们去森林里打猎的时候，齐格弗里德就被谋杀了。布伦希尔德决定为爱人殉情，死在了火葬的柴堆上，这也预示着诸神的统治就要终结。由齐格弗里德赠给布伦希尔德的那枚受到诅咒的戒指，后来又回到了齐格弗里德手中，最后被布伦希尔德交还给了莱茵的仙女，也就是戒指最初的主人。

补偿——况且，又有谁能助她实施复仇呢？

布伦希尔德很快意识到，让人杀死了希格尔德，她自己也没有了活下去的理由。她爬上希格尔德火葬的柴堆，准备赴死，在临死之前做出长篇预言，昭示了凶乌基家族黯淡的前景。沃尔松格家族就这样终结了——希格尔德和古德露恩的幼子西格蒙德也和父亲一起被杀死了。布伦希尔德死得十分壮烈。埃达诗歌《布隆希尔德赴阴曹之旅》（布隆希尔德即本文中的布伦希尔德——译者注）讲述了布伦希尔德死后寻找希格尔德的旅程。在路过一个女巨人家的时候，她遭到了对方的斥责："安坐织布更加适合你／总好过追寻另一个女人的丈夫。"布伦希尔德把女巨人贬为"你这个蠢到家的女人"，并急切地为自己辩白："凶乌基的继承人夺走了我的爱情／还让我成了不守誓言的人。"说完，她继续奔向她挚爱的希格尔德，两人重新聚首之后，再也没有被拆散。

❖ 古德露恩和艾特礼 ❖

布伦希尔德无法原谅存心欺骗她的凶乌基家族和犯下无心之失的旧日爱人，在烈烈火焰中谢幕退场。可怜的古德露恩泄露了丈夫的秘密，引发了一连串悲剧，还不得不想办法继续活下去。尽管布伦希尔德在最后的独白里对凶乌基家族发出了可怕的警告，古德露恩的家族很快又开始筹划接她回家，再嫁他人。她的第二任丈夫是艾特礼（匈奴王阿提拉），布伦希尔德的兄弟。艾特礼深恨凶乌基家族，因为他的姐妹遭到了他们的虐待。凶乌基家族欠他一个女人，于是古德露恩被送去嫁与他为妻。传说又出现了不同的版本。在一首诗中，他们一开始琴瑟和谐，"他们情深意浓／当着王公贵族的面相互拥抱"；在另一首诗中，他们又互相指责，诉说对方的亏欠，展现了婚姻不和的悲惨情景。艾特礼和古德露恩生下了两个儿子，但匈奴人的首领满心想的都是如何获取妻子前夫的财产，而那些宝藏如今已经落入妻舅的手中。

蛇坑中的古恩纳尔。出自 1200 年挪威希勒斯塔德教堂的木门雕刻细节。

艾特礼友好地邀请古恩纳尔和霍格尼前去拜访,(尽管古德露恩提醒他们其中有诈)两人欣然接受。在一首诗中,两兄弟怀疑艾特礼居心不良,但他们觉得拒绝前往是懦夫之举;在另一首诗中,直到他们即将抵达艾特礼的庄户,信使才向他们揭露了阴谋。两兄弟拼命反抗,最终被俘。古恩纳尔拒绝透露宝藏的所在,除非他先看见霍格尼被挖出心肝。人们试着拿来一个奴隶的心脏,但没能骗倒古恩纳尔,于是真的杀死了霍格尼:"被切开胸膛的时候霍格尼放声大笑,/带着伤疤的铁匠在世之时绝不会呻吟出声。"古恩纳尔当即知道,这个秘密将和他一起被埋进坟墓。他被扔进了一个蛇坑,尽管他在坑里弹奏竖琴让蛇平静下来,但最后还是有一条蛇咬到了他的心脏,古恩纳尔就此身亡。

与此同时,古德露恩在家中对丈夫实施了可怕的报复。当他从蛇坑回来,古德露恩迎了上去,为他奉上美酒和下酒的小菜,所有的匈奴人也都得到了一份。待他们吃饱喝足之后,古德露恩才告诉他们刚刚吃的到底是什么:

> 你的两个亲生儿子——宝剑的分配者——
>
> 心脏和血淋淋的尸体,你都就着蜂蜜嚼得欢;
>
> 骄傲的君主,你用死者的血肉填饱了自己的肚子,
>
> 把它们当作下酒小菜,自己吃着还分给座上宾客。
>
> ——《艾特礼的歌谣》,第35节

古德露恩杀死了他们的孩子,艾特礼把他们吃下肚。在这首诗中,古德露恩迅速地终结了一切:她把醉酒的丈夫捅死在床上,放火烧了宫殿,然后投海自尽。但她没有死成,而是被海浪冲到了国王尤纳克尔的领土,在那里她遇到了未来的第三任丈夫。

在另一首相同主题的诗歌中,古德露恩叫来了两个孩子,戏谑地说:"我一直都想让你们免受年老之苦"。两个孩子平静地接受了自己的

"连串的伤悲"

　　另一首更加晚近的诗歌讲述了布伦希尔德的姐妹奥德隆恩的故事。她深爱着古恩纳尔，"就像布伦希尔德本来会的那样"。布伦希尔德死后，残暴的艾特礼不准奥德隆恩嫁给她鳏居的姐夫。奥德隆恩和古恩纳尔成了地下情人，结果被人出卖了。如此，艾特礼为杀死他的妻舅找到了双重理由：维护家族荣誉，夺取宝藏。古德露恩和奥德隆恩同样承担着源于父权社会和复仇文化下的女性命运的悲痛，她们唯有长歌当哭。"致所有的女子——愿你们的悲伤都能消减，现在这连串的伤悲已经讲完"，在埃达诗歌中，古德露恩最后的独白就这样结束了。

命运，还提醒母亲："你的怒火稍纵即逝 / 当你念及此事的后果。"古德露恩杀死了亲生孩子，迫使他们的父亲收回自己的骨血，这一举动明白生动地标志着她的抗拒之意——虽然她加入了丈夫的谱系，但她并不情愿。沃尔松格 - 凶鸟基传说的后半部分围绕女性所受的苛待进一步发展：她们只被当成联姻交换的客体，在通过结盟寻求政治利益之时，几乎无人关注她们的情感。

❖ 古德露恩为女儿复仇 ❖

　　古德露恩生命中的最后一幕是嫁给国王尤纳克尔，为他生下了两个儿子。然后悲剧再次发生了。古德露恩和希格尔德也有一个女儿，我们现在知道，她叫斯瓦希尔德："在我所生的儿女里面，她才是我心头最爱 / 斯瓦希尔德出现在我的厅堂 / 就像一道明亮耀眼的阳光。"斯瓦希尔德被安排嫁给哥特王伊尔蒙莱克，伊尔蒙莱克前妻的儿子伦德瓦尔前来迎接他的新继母。他们两人年纪相仿，在归家的途中似乎结下了友谊。他们是否像特里斯坦和伊索尔德一样坠入了爱河——他们的故事在 13 世纪初开始在斯堪的纳维亚流传——又或者那些指控纯属诽谤，这就不得而知了。但伊尔蒙莱克听信了传言，认为自己的荣誉受到了玷污。他下令吊死自己的儿子，让自己的妻子被乱马践踏而死。在绞刑架上，伦德瓦尔拔光了猎鹰的羽毛，把它送给父亲。伊尔蒙莱克顿时领悟了其中的寓意：他要是杀死了自己唯一的继承人，无异于自断羽翼。但他明白得太晚了，绞刑已经执行了。

对古德露恩来说，她和挚爱希格尔德的女儿是他们之间最后的联系；斯瓦希尔德居然以如此惨无人道的方式被杀，她必须让伊尔蒙莱克为她偿命。她唤来了两个儿子哈姆迪尔和苏尔莱，哭着请他们为姐姐复仇。两个青年犹豫了——在哥特人的大本营里攻击伊尔蒙莱克无异于自杀。他们的母亲还把他们和舅父比较，说他们缺乏胆略，但两人指出这种比较有失偏颇：要不是两个舅舅开启了冤冤相报的恶性循环，她现在何必还要继续复仇？他们非得为姐姐复仇吗，就像兄弟被杀一样？这一问题悬而未决；在北欧传说中，很少有女性被杀害，在这种情况下应该运用怎样的道德伦理，并无一定成规。这段故事先后在两首诗歌中得到演绎。在第一首诗歌中，两个青年骑马踏上征程，留下母亲为他们和其他已逝的亲族哀悼。古德露恩唤人建起高大的橡木火葬柴堆，此时她已做好准备，将要辞别这个世界，和心爱的希格尔德重逢。她呼唤道："希格尔德，快勒住那匹漆黑闪亮的骏马，那四蹄如飞的坐骑——让它奔向这里"。

在另一首诗中，哈姆迪尔和苏尔莱受到母亲的催促，愤而出发为斯瓦希尔德复仇。在去往王宫的路上，他们碰到了同父异母的兄弟埃尔普，埃尔普委婉地提出愿意帮助他们，"就像一只脚帮助另外一只"。埃尔普，这个同父异母的兄弟，用比喻的方式指出，血缘至亲就是同一个身体上的不同部位，但两个青年故意不理会他的意思，并把他当场击倒。出乎意料的是，他们成功地进入了哥特王宫，捉住了伊尔蒙

国王伊尔蒙莱克

伊尔蒙莱克是历史上真实存在的哥特统治者，在古英语诗歌《提奥》中也有出场（在第 2 章中讲过，这部史诗里同样讲述了铁匠维兰德的故事），他因为残忍暴虐而臭名昭著。在古英语中，他被称作 Ermanric，意思是"狼之心"。"那个冷酷的君王！"（Þæt wæs grim cyning!）诗人这样告诉我们，许多勇士都热切地盼望着有人能推翻他的王国，让伊尔蒙莱克下台。事实上，在古诺斯语史诗中，伊尔蒙莱克的下场的确惨绝人寰，可以说是罪有应得。

莱克。他们剁掉了他的四肢，把砍下的肢体扔进火中焚烧。但是国王居然理智犹存，还能唤来手下（他意识到，这对兄弟有魔法护身，刀枪不入）。"用石头砸死他们！"武士们照办了。在《沃尔松格萨迦》中，命令武士们使用石头的人必然是一个突然出现在宫廷里的神秘独眼老人。两兄弟终于意识到不该杀死埃尔普（"要是埃尔普还活着，他的人头现在已落地"）。他们赞赏了彼此在战场上的英勇表现，把自己比作老鹰，栖息在死人堆上的战乱之兽，在乱石之中倒下。连环仇杀终于落幕，凶乌基家族和沃尔松格家族再也没有一人幸存。

宏大的沃尔松格 / 凶乌基史诗是北欧最为知名、最具影响力的英雄传说。瓦尔纳的歌剧和威廉·莫里斯的史诗使之名扬天下：1876 年，威廉·莫里斯出版了《沃尔松格家族的希格尔德和尼伯龙根的覆灭故事》；同年，瓦格纳的《尼伯龙根的指环》在拜罗伊特首次登上舞台。北欧传奇中还留存了许多关于其他英雄的故事，只是他们的道德准则多有微妙之处，使人往往难以评说。我们将在下一章中讲到他们。

5

维京世界的英雄们

❖ 斯堪的纳维亚的英雄们 ❖

上一章介绍了沃尔松格家族和凶乌基家族灾难性的王朝历史，展示了这段故事是如何被一系列诗歌重述的，探索了英勇行为的伦理问题以及其中的含义：过度重视男性亲属关系，强调联姻关系而忽略女性的个人感受，复仇的性质充满争议，财富的诱惑非同凡响。所有这些要素定义了北欧的英雄主义，并且被日耳曼传统一并继承。故事中很少提及利他主义、打败怪兽拯救人民、对抗敌人入侵的内容，也不曾让女性自由地做出选择。沃尔松格家族和凶乌基家族的覆灭警醒我们，英雄的生活不应局限于个人过度的荣誉感中。在这一章里，我们将会认识一些不那么知名的北欧英雄，了解他们对英雄身份的不同理解。

❖ 强者斯塔尔卡德 ❖

斯塔尔卡德的家谱十分复杂；他的祖父是个巨人，他诱拐了一位公主，生下了斯塔尔卡德的父亲斯托韦尔克；斯托韦尔克一出生就比寻常人高大强壮。斯托韦尔克跟挪威北部的哈洛加兰伯爵的女儿武英私奔，这违逆了武英家族的意愿。他们藏身在一个小岛上，结果被武英的兄弟找到，一把火将他们的家夷为平地。不知怎的，年幼的斯塔卡尔德逃过一劫，被挪威南部阿格德的国王哈拉尔收养。不久之后，国王哈拉尔被霍达兰（现卑尔根）的国王谋杀，三岁的斯塔尔卡德因此有了一个新的养父，那人的名字很奇怪，叫作赫洛斯哈尔－格拉尼（马鬃－格拉尼，引申自希格尔德赫赫有名的坐骑）。九年后，国王哈拉尔的儿子威卡尔意图为父报仇，在赫洛斯哈尔－格拉尼家找到了斯塔尔卡德。年轻的斯塔尔卡德那时整天无所事事，像个没用的"煨灶猫"。

煨灶猫

　　煨灶猫指的是毫无前途的年轻懒汉，他们每天躺在炉火周围，什么有用的事情也不干，因此被叫作煨灶猫。这些人往往安静而沉闷。他们的父亲常常会被他们惹得大为恼火，而他们的母亲却会为他们辩解，说这些懒散的小伙子终将长大成才。很多古代北欧英雄年轻时都是这样：一个经典的例子就是盎格鲁（德国北部）的奥法。在撒克逊的记叙中，他年轻时不爱说话，曾被他的父亲威尔蒙德贬为白痴。后来威尔蒙德双目失明，邻近的撒克逊人威胁入侵。威尔蒙德提出和他们的国王对决，但对方宣称和盲人对决有失身份。奥法受激出战了。他一人同时对战两名撒克逊战士，手中的宝剑承受不住他的伟力，接连崩裂。威尔蒙德立刻挖出了自己的旧日佩剑——自从失明之后，他就把宝剑给埋了——传给了儿子。手持父亲的宝剑（这把剑的名字很奇怪，叫 Skræp）（Skræp 与 scrap 同音，意为碎片、废料——译者注），奥法获得了胜利，赢得了盎格鲁人的尊敬。J. R. R. 托尔金于 1926 年在牛津建立了"煨灶猫"社团，它其实是一个古诺斯语读书会。在他离开之后，这个名字还被沿用了很长时间。

但他却身材魁梧、皮肤黝黑——才十二岁就长出了一把络腮胡子！

　　威卡尔把武器交给斯塔尔卡德，带他乘船出海，寻找杀父仇人。霍达兰国王和他的武士顽强抵抗，但兄弟俩取得了最终的胜利。在战争中，斯塔尔卡德身负重伤：

　　　　他（斯塔尔卡德的对手）把我砍伤疼痛入骨，

　　　　锋利的宝剑切断盾牌，

　　　　削掉头盔后直插头颅。

　　　　下颌崩裂直抵后槽牙，

左边的锁骨就此报废。

——《威卡尔之歌片段》，第 14 节

尽管如此，他还是活了下来。在之后的十五年间，无论战争还是和平，他一直是威卡尔的至亲好友兼左膀右臂。然而，世事无常，适逢劫掠的时节，威卡尔决定返回霍达兰，再度征战，可迎接船队的却只有逆风。他们抛掷木签占卜原因，结果发现是奥丁在索要祭品：他们必须吊死一个人。令人震惊的是，抽中了索命签的是国王威卡尔。所有人都沉默了。他们决定次日再行聚会，商议此事。

那天半夜，营地里出现了一位不速之客——不是赫洛斯哈尔–格拉尼又是谁呢？他悄悄唤醒了养子斯塔尔卡德，带他划船出海，来到一个树木丛生的小岛上。林中有一片空地，中间放着十二把椅子，围成一个圈；其中十一把已经有人坐了，赫洛斯哈尔–格拉尼坐在了第十二把椅子上。其余众人向他致意，称他为奥丁。奥丁宣布，他们之所以聚集于此，乃是为了裁定斯塔尔卡德的命运。索尔也在出席者之列，他怎么看小伙子都不顺眼，因为斯塔尔卡德的祖母曾经拒绝了索尔的求婚，却看上了他的祖父，一个巨人，还和他私奔了——我们都知道索尔有多厌恶巨人。索尔宣告，斯塔尔卡德将断子绝孙。奥丁则扮演了善良的仙女教母的角色，谕示斯塔尔卡德将拥有三世人生。"在每一世中，他都会犯下滔天大罪。"索尔补充。神明之间的交锋仍在继续。奥丁说，他的养子会拥有锦衣华服，神兵利器，无数财宝，还能百战百胜，出口成章，万人景仰。索尔立刻回以诅咒：斯塔尔卡德将上无片瓦，下无立锥，一毛不拔，贪得无厌；他每有征战必会负伤，写下诗篇立即遗忘，尽管他在王公贵族之间备受尊崇，却遭到凡俗人等的畏惧憎恨。诸神一致同意以此作为斯塔尔卡德的命运。赫洛斯哈尔–格拉尼划船把他送回营地。因这一夜的劳碌，赫洛斯哈尔–格拉尼向斯塔尔卡德索要报酬，斯塔尔卡德应承下来。"给我一个国王。"老人说。

他把一枝芦苇交给了斯塔尔卡德，无害的外表下隐藏的却是一支长矛。

次日众人再次聚集，斯塔尔卡德在会上提出了一个计划：他们将模拟一场祭祀仪式，象征性地把国王献给奥丁。他找到了一根低垂的树枝，在下面放了个树墩。他们杀死了一头小牛，把它的肠子拧成绞索的样子，把它挂在了树枝上。威卡尔也觉得，树枝离地着实不远，如果只是站在树墩上，将肠子松松地套在脖子周围，这根本不可能有任何危险。因此，他站了上去，斯塔尔卡德拿着芦苇刺向他，说："现在我把你献给奥丁！"但就在芦苇触及身体的那一刻，绞索突然收紧，勒住了国王的脖子；树枝一下子弹起上扬；国王脚下的树墩骨碌碌滚了开去——无害的芦苇也变成了长矛。威卡尔被长矛刺穿，吊死在树上，成了献给奥丁的祭品。瓦尔哈拉中又增添了一位英雄，而斯塔尔卡德却被驱逐流放。

这就是斯塔尔卡德在第一段人生中所背负的罪行。从其他的资料中我们了解到，斯塔尔卡德出生之时生有六条臂膀，这无疑是来自他的巨人血脉。索尔主动帮他撕掉了多余的手臂，使他看起来更像人类。威卡尔死后，斯塔尔卡德四处劫掠，立下了赫赫战功。他逐渐养成了对演艺人士的厌憎之情。在乌普萨拉，他曾经出席了一场盛大的祭祀活动，却因为受不了现场民众"过于女性化的举止"[4]，掉头离去；在爱尔兰，他把整个剧团的演员和歌手都狠狠鞭打了一顿。他一度为丹麦皇室服务，但在国王福劳德遭到谋杀之后，斯塔尔卡德受不了年轻国王英格尔德的自我放纵，离开了丹麦宫廷，远游他乡。

斯塔尔卡德重返丹麦的时候，正是紧急关头：英格尔德的妹妹被许配给了挪威人海尔吉，但安甘提尔（下面将会讲到他的故事）带着暴烈的兄弟们向海尔吉发起了挑战，想要争夺新娘的归属。斯塔尔卡德孤身一人迎战整个军团，把他们全部杀死，但自己也身受重伤。他的腹部裂开一个大口子，肠子从里面流了出来。斯塔尔卡德倚在一块石头上，支撑起身体。有一个车夫驾车经过，在他身边停了下来，提出可以给予有偿的帮助。斯塔尔卡德觉得这人出身低微，反而对他恶语相向——索尔对他施加的诅咒让他不把普通人放在眼里。又有一人意欲相助，却被受伤的英雄盘问身份，此人承认自己的妻子是一名女仆。这样的人也配不上英雄。接着，他又拒绝了一名女奴的帮助，最终他允许一个自由农近身，帮他把肠子塞回身体里，并包扎好腹部。

斯塔尔卡德回到英格尔德的宫廷，却震惊地发现，英格尔德的德国王后给这里带来了奇异的欧洲美食（肉上浇了酱汁！）、坐卧靠垫、乐师歌手（我们知道他最讨厌这个）（原文为法语，bête noire——译者注）、机敏闲谈和装饰精美的酒杯。最糟糕的是，英格尔德赦免了杀父仇人，还对他委以重任。斯塔尔卡德写了一首长诗，抨击了他在英格尔德周围看到的种种堕落之举；萨克索·格拉玛提库斯完整地引用了这首诗并把它译成了拉丁文。诗歌起到了预想的效果，英格尔德跳了起来，当场拔剑杀死了自己的杀父仇人。没过多久，那位皇后就和她的异国情调一道被赶了出去。

在经历了多场征战之后，斯塔尔卡德饱受创伤，不想再拖着病体苟延残喘。在他看来，年老而死未免太缺乏英雄气概。他漫游全国，想要找到一个能杀死自己的人。他在脖子上挂着一袋金子，充当送给杀手的酬劳。他先是拒绝了一个乐意效劳的农民（这和他的阶级观念

年迈的斯塔尔卡德把一袋金子交给哈瑟，劝诱这个年轻人杀死自己。奥劳斯·马格努斯绘（1555）。

是一致的），然后碰到了哈瑟，哈瑟的父亲是他手下的万千亡魂之一。不管是为了给父亲报仇还是为了拿到酬金，哈瑟都跃跃欲试。年迈的斯塔尔卡德让哈瑟把他的头砍下来，并且在头颅落地之前，往返奔跑于头和身体之间，这样哈瑟就能获得刀枪不入的法力。哈瑟确实把他的头砍了下来，却没有听命冒险回来奔跑。斯塔尔卡德的头颅划过空中，咬紧牙关，深深扎进了草丛里。他死前的劝告其实是个谎言：要是哈瑟敢于靠近他的身体，无头的躯体就会倒下，直接把哈瑟压死。斯塔尔卡德被葬在当地，享受了与其身份相符的礼敬。斯塔尔卡德的所作所为应当归咎于索尔，但自从决定背叛挚友威卡尔开始，他就踏上了一条暴戾恣睢的人生之路。他拒绝理解世情伦常，拒绝帮助他人。他的英雄主义使他孤立于世：这提醒我们，过度使用男性暴力，过分执着于荣誉，就会带来这样的恶果。

❖ 毛裤子拉格纳——另一个屠龙者 ❖

瑞典南部的约特兰伯爵十分疼爱自己的女儿索拉，于是把自己得到的一条闪闪发光的小蛇赐给了她。索拉想要知道如何让小蛇长大，结果发现需要每天在枕头底下放一枚金币——我们知道，这是因为日耳曼的龙极为热爱财宝。没过多久，小蛇就变成了庞然大物。它蹲坐在一大堆金子上，每天要吃掉一整头牛。这样的怪兽盘绕在索拉的闺房里，只对她一个人温驯有加，看到其他任何人都会充满敌意。这只怪兽已经成了非解决不可的祸患，于是君王广而告之，不管是谁，只要能杀死怪兽，就能娶他女儿为妻，怪兽的宝藏充做她的嫁妆。可是没有人敢于直面那头怪兽。直到丹麦国王之子，年轻的拉格纳听说了怪兽和悬赏之事。他准备了一顶斗篷和一条毛蓬蓬的裤子，把它们放在沥青里浸透，然后扬帆前往约特兰。

拉格纳拿了一杆长矛做武器，并且去掉了一枚固定矛尖的钉子。他穿上浸满沥青的衣物，在沙地里滚了几滚，让全身裹满沙子，然后英勇地向怪兽发起了进攻。长矛刺中了怪兽。在死前的抽搐中，怪兽挣扎翻腾，矛尖松脱下来，留在了它的身体里。怪兽体内喷出一大股毒血，拉格纳及时撤离，靠着一身蓬乱的沙土"盔甲"，毫发未伤。他去伯爵的宫廷领取奖赏，拿出了自己的矛柄作为屠龙的证明——它和嵌在怪兽身体中的矛尖正配得上。拉格纳迎娶了索拉，两人举办了盛大的婚礼。索拉生下了两个英勇的孩子，之后就病逝了。她的死让拉格纳深受打击。他离开了自己的王国，远航四海，征伐劫掠。

✚ 新妻子、新子嗣 ✚

在布伦希尔德和希格尔德各自嫁娶、铸成灾难之前（参见第4章），他们有过一个女儿，名叫亚丝拉琪——至少《拉格纳萨迦》是这么告诉我们的。在布伦希尔德嫁给古恩纳尔之时，她把幼女托付给了自己的养父黑米尔。黑米尔听闻了在凶乌基王廷发生的悲剧，便带着亚丝拉琪和大量黄金踏上了旅途，并把它们一起藏在竖琴的琴盒里。一对贪婪的挪威农民杀死了他，把黄金据为己有，将亚丝拉琪收为养女。他们涂污了她的脸，隐藏起她的美貌，不准她出去招摇。

亚丝拉琪长大以后，正巧碰上毛裤子拉格纳的船队在附近靠岸，补充给养。尽管亚丝拉琪遮掩了自己的容貌，船员们还是察觉到了她惊人的美丽，并把这件事告诉了拉格纳。拉格纳立刻派人送信给亚丝拉琪，让她前去觐见。但他同时附上了一道谜题，要求她在觐见之时满足其中设定的条件。聪明的亚丝拉琪知道，这是她逃离残忍的养父母的大好机会。她解开了拉格纳的谜题，按照要求抵达了他的长船。国王很快就向她求婚了，并且信守诺言娶她为妻。婚礼当夜，亚丝拉琪强烈反对立即同房。她向新郎建议，最好等到三天之后再行夫妻之实，否则就会招致不祥的后果。拉格纳并没有听从她的请求——结果，他们的第一个儿子伊瓦尔一生下来便只有软骨组织而无骨头。他无法行走也无法战斗，因此被人称为"无骨者伊瓦尔"。从此以后，拉格纳对妻子的建议稍微上了点心，很快他们就有了很多健康的儿子。

然而，拉格纳并不知道妻子的真实身份，还以为她就是那两个可恶的挪威农民的女儿。一段时间以后，考虑到政治上的策略，他觉得应当迎娶瑞典国王的女儿。于是他前往乌普萨拉向公主求亲。婚事眼看就要定下来了，恰巧有三只鸟儿听闻了此事。它们飞往丹麦，把拉格纳脚踏两条船的事情告诉了他的妻子——亚丝拉琪从她的父亲那里继承了理解鸟语的能力。拉格纳返回家乡，正愁该怎么把自己的计划告诉亚丝拉琪时，他的妻子先找来了。亚斯拉琪告诉他，他的打算自己已经知道得一清二楚，而她的父亲其实是北欧最著名的英雄，屠龙者希格尔德。为了证明自己所言不虚，她预言自己腹中的孩子生下来将会拥有一对蛇瞳，以此彰显他祖父的丰功伟绩。不久，孩子出生了，这个孩子果然如她所说，于是被人们称为"蛇眼西格德"。拉格纳另娶他人的计划再无下文。

瑞典国王对拉格纳大为恼火，一方面是因为拉格纳让自己的女儿大失所望，另一方面是因为拉格纳和发妻索拉生下的两个长子在瑞典骚扰侵袭。他抓住了两个年轻人，并杀掉了他们。消息传到了丹麦，发起复仇的居然是他们的继母亚丝拉琪。她召集起自己的亲生儿子，敦促他们为同父异母兄弟的死复仇，还亲自率领了海上的军队。无骨者伊瓦尔担任了这次作战的首席军师。因为行动不便，他躺在一块盾牌上，让人用四只长矛把自己和盾牌支起来。他在矛尖上向战士们发号施令，带领他们取得了胜利。

拉格纳的儿子们成功地扫荡了英格兰，在欧洲大地上纵横劫掠，甚至准备攻打罗马。这项伟业因为一个机灵的皮匠而没能成真。他拿

亚丝拉琪身披渔网，携着爱犬，准备觐见毛裤子拉格纳。
温格绘（根据 1862 年的原画所作的版画）。

解开拉格纳的谜题

　　拉格纳要求，亚丝拉琪在觐见的时候"既不能穿着衣服，也不能赤身裸体；既不能饿着肚子，也不能吃过东西；既不能孤身一人，也不能有人陪伴"。聪明的亚丝拉琪用渔网裹住身子，披散长发。她舔了舔洋葱，让呼吸里带上了洋葱的气味。她没有让人作陪，而是带着家中爱犬一同前往。她的机敏给拉格纳留下了深刻的印象，因此同意按她的要求保证她在船上的安全。然而，当她的狗咬伤了船员，他们还是用弓弦勒死了它。这早早预示了，拉格纳并不总是信守承诺。

神牛

　　瑞典人的秘密武器是一头名叫西庇亚的神牛，它的名字意为"永恒的咆哮者"。它的神力因人们的献祭而增强；当它被送抵战场后，它会发出慑人的吼叫，让敌军陷入恐慌，自相残杀。西庇亚还会用角撞人。无人可以抵御西庇亚的神力，就算是在战场上制造噪音也无法遮盖它的声音。然而，在制胜的关键时刻，伊瓦尔成功地射穿了西庇亚的眼睛，让它一头栽倒。然后，伊瓦尔让人把自己抛到了西庇亚上方，奇迹般地增加了自己的体重，压断了它的脊梁。最后，他一把拧下了它的脑袋。瑞典人自然落荒而逃。

出一袋需要修理的破鞋，抖空了袋子，说："看吧！我从罗马一路走来，磨破了这么多鞋。"兄弟们被这种广为流传的民间智慧劝服了。他们相信罗马实在太过遥远，根本不值得费劲去攻打。拉格纳不顾妻子的劝告，在最后一次征战英格兰时遭遇了不幸。他被诺森布里亚的国王埃拉俘虏，扔进了蛇坑。他念诵了一篇长诗，总结了自己一生的功绩，最终还是被群蛇咬到了心口。他就这样葬身蛇吻——想到他的第一桩伟业，其中充满了讽刺的意味。

　　信使把拉格纳的死讯带给了他的儿子和妻子，每个人似乎都对他屈辱的死法无动于衷。然而，正在下棋的那个儿子攥紧了手中的棋子，力气大到指甲下都迸出血来；另一个儿子正在为自己的长矛修整矛柄，手指上有块肉也被削了下来；还有一个儿子正把长矛握在手中，只见木头上显出了他的手印，最终断为两截。伊瓦尔的脸色飞快地由白转红，又由红转黑。信使把自己的所见所闻报告给国王埃拉，埃拉知道，四兄弟表面上的平静只是伪装而已。果然，他们很快便闯入英格兰劫掠，活捉了埃拉。一开始，埃拉以为给出赔偿就能平息事端。他许诺赔给伊瓦尔一些土地，伊瓦尔便使用了人所共知的伎俩，将牛皮切成

拉格纳死于国王埃拉的蛇坑之中。法国木版画（1860）。

细条，围住了一大片地方。这块土地足有伦敦那么大，全部被伊瓦尔夺走了。埃拉恼羞成怒，发动了进攻，却再度遭到俘虏，背上被刻下"血鹰"（参见 138 页）。埃拉痛苦而死。伊瓦尔决定，从此以后自己将接管英格兰，丹麦王国就留给自己的弟弟们统治。

　　和希格尔德十分相似，拉格纳也从未超越自己最初的功绩：杀死盘踞在索拉闺房的巨龙。他的第二任妻子极具领袖气质，可他却不曾诚实以待——他杀了她的狗，无视她暂缓圆房的建议，最后还打算另娶瑞典公主为妻——这让他这个英雄显得不怎么招人喜欢。相比之下，他的儿子们都听从了母亲智慧的指引，攻占了大片疆土。伊瓦尔虽然行动大为不便，却能够领导军队，在他身上我们看到了一类全新的英雄。他是一位天才的战术家，运用自己的头脑而非肌肉来建功立业。

血鹰

　　血鹰仪式是一种传说中的刑罚，只会对特定的敌人使用。刽子手先从脊椎处切断肋骨，然后把肺拽出来摆在背上，让它们看起来像是翅膀，牺牲者由此被献祭给奥丁。这种惩罚很可能从未被实施过。血鹰的概念似乎是源于对一首诗歌的误解：诗中写道，战乱之兽老鹰前来享用埃拉的尸身，用利爪划花了死者的背部。据说强大的奥克尼伯爵特弗－埃纳尔也用这种方式杀死了金发哈拉尔的一个儿子，但在北欧传说中只有这么两个例子。

❖ 赫拉夫尼斯塔家族 ❖

　　另外一支著名的英雄血脉是凯特尔家族，他的绰号意为"鲑鱼"。凯特尔和他的双亲一起生活在挪威的赫拉夫尼斯塔（现名拉姆斯塔）岛上。年轻的时候，他常常惹祸，也是一个"煨灶猫"。凯特尔从来不做家务，还总是跟父亲混血巨怪哈尔布约恩斗嘴，但最终他还是有所成就。有一天，他在岛的北边散步，碰到了一条飞龙。火花从龙的嘴巴和眼睛里喷射出来。凯特尔惯于在岛的这一侧钓鱼，却从没见过这种模样的鱼。火龙对他发起了攻击，凯特尔勇敢地抄起斧子，把它一劈两半。回家以后，他告诉父亲自己杀了条很大的鲑鱼——这就是他的绰号的由来。

　　凯特尔还收拾过几个袭击赫拉夫尼斯塔居民的食人魔，在极北之地也有过几番历险。他和巨人布鲁尼的家人一起度过了一个冬天，和巨人的女儿赫拉夫希尔德有了一段风流韵事，生下了儿子毛脸格里姆。然而，哈尔布约恩拒绝承认这个媳妇，还把她贬为巨怪（鉴于他自己的绰号就是混血巨怪，这么说有点太粗鲁了）。赫拉夫希尔德扬帆离开

《凯特尔萨迦》的晚期手抄本。

了赫拉夫尼斯塔，把自己的孩子留在了岛上。布鲁尼的兄弟是一名拉普兰巫师，凯特尔从他那里得到了几支魔法箭矢和一柄绝世的宝剑。因为屠杀巨怪和抗击野蛮的维京人，他变得声名卓著，但他却从未忘记他深爱的巨人姑娘。后来他娶了一个人类妻子，还把自己的女儿命名为赫拉夫希尔德，以表纪念。

凯特尔死后，格里姆统治了赫拉夫尼斯塔。他准备迎娶一位强大领主的千金。距离举行婚礼还有七天时，新娘却消失了。有证据表明，新娘的继母与此事脱不了干系。这位继母来自遥远的北方，可能身怀魔力。格里姆前往她的出身之地调查，一路打倒了众多女巨怪和巨人，自己也受了重伤。这时，一个丑陋至极的女巨怪向他伸出了援手。她可以帮他治伤，但他必须给她一个吻，最后又变成了必须和她同床共

武士和海中的女性巨怪作战。出自 14 世纪冰岛手抄本《弗拉泰书》。

枕。格里姆勉强接受了她的条件。可第二天早上起来，他发现自己的身边人并不是丑恶的女巨怪，而是他那破除了魔法的爱人洛芙赛娜，他那失踪的未婚妻。这对爱侣重新聚首，结婚生子。他们的孩子被称为神箭欧德尔。

欧德尔继承了祖父的魔法箭矢，度过了跌宕起伏的漫长一生。在他年轻的时候，一个流浪的女占卜者曾预言，他将活到 300 岁的高龄，足迹遍布天下，然而无论他走出多远，最终的归宿都要落在他的骏马法克西头上。欧德尔和他的寄养兄弟一起骑马外出，找到了一座荒村。他们挖了个深坑，把那匹马儿活活埋葬。在那之后，欧德尔四处历险，和维京人对抗，从一位爱尔兰公主那里获取了刀枪不入的魔法衬衣。他改信了基督教，在萨姆索岛上和安甘提尔率领的狂战士十二兄弟展开了惊天一战，取得了胜利（参见下文）。最后，欧德尔决定重游年轻时的故地，前去拜访埋葬马儿的坟墓。在坟墓顶上，正摆着马儿的头颅，骨骸上皮毛犹存。欧德尔以为自己早就打破了女占卜者的预言，便拿起长矛挑翻了马头。从马头下面爬出来一条蝰蛇；它袭击了欧德尔，用毒牙狠狠地咬住了他的脚。欧德尔的腿开始肿胀变黑，一直蔓延到大腿，于是欧德尔知道自己大限将至。他的手下把他抬到了岸边。他念诵了一首长诗，历数自己的光荣事迹，然后死去。人们把他的尸体放在船上，一起火化了。赫拉夫尼斯塔家族的血脉并未断绝。凯特尔的女儿赫拉夫希尔德诞下了许多知名的后裔，包括几位冰岛的拓居者。他们将在后世传诵先辈的故事。

✪ 海岛上的狂战士十二兄弟 ✪

要说欧德尔最大的功绩，可能就是在萨姆索岛（在瑞典和丹麦之间）上和好朋友亚尔玛一起大战安甘提尔兄弟。安甘提尔有十一个兄弟，他们的父亲是一位伟大的君主。老二约尔瓦德尔四处劫掠并以此为傲，甚至觉得自己应当娶瑞典国王之女为妻。所有兄弟陪他前往乌普萨拉，约尔瓦德尔向国王提出求娶公主，可智者亚尔玛站了出来。他在瑞典国王的宫廷里侍奉了很长时间，此时提出意欲迎娶可爱的公主英吉博格。国王要英吉博格自己挑选，看看哪位求婚者更中她的意。她选择了声誉良好的亚尔玛，拒绝了沿海打劫的约尔瓦德尔和他的狂战士兄弟们。约尔瓦德尔立刻向亚尔玛发起挑战；胜者将迎娶英吉博格。

十二兄弟结伴前往索姆赛岛，亚尔玛和好友神箭欧德尔已经在那里等候。大战之前，安甘提尔做了个梦，预知此战将会失败。但他的父亲把神剑提尔锋交给了他，使他重新鼓起了勇气。这把剑由侏儒铸造，必会为主人带来胜利。十二兄弟踏上岛屿，预言他们的对手将成为奥丁的宾客，于晚餐之时列席瓦尔哈拉。这让亚尔玛顿觉胜率渺茫。欧德尔给朋友打气鼓劲，和他携手加入了战局。

十二兄弟陷入了狂热之中。他们咆哮起来，咬住了自己的盾牌。亚尔玛决定对战安甘提尔和他熠熠发光的神剑。欧德尔穿上了爱尔兰

刘易斯棋子中的狂战士，口中咬着盾牌。

狂战士

　　狂战士是指一类特殊的武士，他们会在战前发出嘶吼，啃咬自己的盾牌。他们可能身披熊皮（狂战士的本意就是"熊皮上衣"——他们还有另一种称呼，*úlfheðnar*，意思是"狼皮"）。不过，狂战士这个词也可能是"裸露上身"的意思，指的是这些战士不穿盔甲。他们在战场上会陷入癫狂状态，冲锋陷阵，全然不顾自身安危。有人认为，为了激发战斗情绪，他们可能会摄入某种致幻剂。在萨迦中，狂战士们拉帮结派，扰乱社会，挨家挨户上门骚扰。他们威胁要强奸女性，除非有人愿意和他们的首领单挑。在一首史诗里，英雄巧妙地战胜了狂战士。他趁着狂战士在战前啃咬盾牌的时候，把盾牌向上掀起，撕裂了狂战士的嘴。

公主为他编制的魔法上衣，独自对战其余众人。

　　欧德尔杀光了十一个兄弟。但等他再见到亚尔玛，却发现自己的好友虽然杀死了安甘提尔，却身负十六道创伤，已经奄奄一息。亚尔玛为自己的命运追悔悲叹：他在家乡瑞典坐拥五处庄园，如今却躺在萨姆索岛濒临死亡。他再也听不到乌普萨拉女子的动人歌声，也无法再把英吉博格拥入臂膀。他把一枚指环交给欧德尔，请他带给公主，并把他壮烈的牺牲讲给公主听。在他最后的诗句里，亚尔玛勇敢地直面了自己的命运：

　　　　一只乌鸦从高枝飞来，
　　　　一只老鹰伴着它翱翔；
　　　　最后一餐我献给老鹰，
　　　　我的血肉将由它品尝。

——《亚尔玛的死亡之歌》，第10节

　　亚尔玛就这样死了。欧德尔将亚尔玛的死讯和尸体带回了瑞典，英吉博格闻讯悲伤而死。安甘提尔和他的兄弟全都葬在了萨姆索岛上，价值连城的神剑提尔锋也随之入土。

❖ 赫华勒重现宝剑锋芒 ❖

　　安甘提尔死后，他的妻子生下了一个女儿，名叫赫华勒。赫华勒长大之后，成了一个英勇豪迈的姑娘。她拒绝做针线活，也不愿织布纺纱，相比之下，她更喜欢舞刀弄枪。她的祖父曾经想让她更规矩些，可她一旦受到责备，就跑到森林里拦住过路人打劫钱财。有一次，几个奴隶对她恶语相向，污蔑她的父亲出身卑微。赫华勒终于从母亲那里得知了真相，了解了父亲的真实身份。于是她抛下了裙钗，加入了一支维京船队，向萨姆索岛驶去。

人们警告赫华勒，萨姆索岛是一片诡异之地。赫华勒还是独自登岛，前去拜谒父辈的坟冢。她呼唤着父亲和叔叔的名字，请安甘提尔把名扬天下的神剑交给自己。幽幽鬼火飘荡在坟前，封土裂开，亡者从中起身，站在墓室门边。安甘提尔一开始否认自己持有宝剑，然后又警告赫华勒，说宝剑上附有诅咒——赫华勒的后人将会用宝剑彼此厮杀。最后，他勉强把剑交给了她，并说：

> 年轻的姑娘啊，我要说你不似凡俗男子，
> 黑夜之中徘徊在坟堆间，
> 手持雕饰长矛身着哥特人的金属（盔甲），
> 披挂头盔和铠甲站在墓门前。
>
> ——《安甘提尔的苏醒》，第 21 节

赫华勒确实不同于绝大多数男子，和凡俗女子也浑然不似。她从死去的父亲手中拿到了宝剑，胜利而归。她回到了船上，之后又做了一阵子维京海盗，在波罗的海横行劫掠。赫华勒最后还是嫁了人。她生了两个儿子，给其中一个起名为安甘提尔，以纪念她的父亲；另外一个叫作海德雷克。海德雷克失手杀死了自己的兄弟，被判流放。他的母亲把提尔锋赠给了他，当作临别的礼物。

海德雷克机敏过人，很快就能找出战胜对手的方法，不过他的所作所为毁誉参半。他娶了君士坦丁大帝的女儿，并生下一个女儿，给她起名也叫赫华勒。国王海德雷克有一位聪明的宿敌，名叫盖斯顿布林德。盖斯顿布林德得到国王的召唤，让他入宫觐见。他正担心国王意欲对自己不利，不料一名神秘的男子来到他家，提出代为觐见，这可让他大大松了口气。假盖斯顿布林德和海德雷克猜谜竞答，最终他

用自己的撒手锏战胜了国王："当巴德尔躺在火葬的柴堆上时，奥丁在他耳畔说了什么？"海德雷克意识到，自己的对手不是别人，正是奥丁本尊。他抽出提尔锋，向奥丁刺去。奥丁变成了一只隼，在千钧一发之际对海德雷克发出诅咒，说他将死于"最卑贱的奴隶"之手。提尔锋削掉了隼尾的羽毛（这就是为什么隼的尾巴特别短），但奥丁还是成功逃脱了。正如预言所说，没过多久，海德雷克就死在了床上，毫无荣耀可言。杀死他的是一群出身名门大户的奴隶，他在出征英伦诸岛时将他们俘获为奴。这篇史诗余下的部分讲述的是提尔锋在这个王朝之后的命运中所发挥的作用，其中包括了哥特人和匈奴人的著名战役。在那场战争中，海德雷克的两个儿子分属敌对阵营。其中一方确实拿起了被诅咒的神剑，杀死了自己的兄弟。

盖斯顿布林德的谜语

假盖斯顿布林德所出的谜语多种多样。有些谜语十分传统："我昨天喝了一种饮品，它既不是水也不是葡萄酒，既不是啤酒也不是食物，它是什么呢？"（答案是清晨的露水。）还有一个谜语是："有种生物长了八条腿、四只眼，膝盖的位置比肚子还高，它是什么呢？"（答案显然是蜘蛛。）有些谜语则非常晦涩。其中有一条，答案是"一块浮冰顺着河流飘下，冰上有一匹死马，马尸上盘着条蛇"——这可不容易猜出来。托尔金从这篇史诗中获得了灵感，创作了《霍比特人》中比尔博和咕噜的猜谜比赛。不过奥丁用以结束比赛的是关于巴德尔的重大问题，而比尔博的撒手锏则大为不同："我的口袋里有什么？"

❖ 奥克尼群岛的永恒之战 ❖

我们在第 2 章中讲到，弗蕾亚挑起了赫定人之战，一场直到诸神的黄昏才会终止的无尽之战。战争是这样开始的，一天，瑟克兰的王子赫定在林中空地遇到了一位女子，她自称冈铎尔（知名的女武神）。冈铎尔鼓动赫定去和国王赫格尼一较高下，看看两人谁更强大。赫格尼欣然应战，两人接连比拼了游泳、射击、搏击和骑马，结果在每一项中都平分秋色。两人惺惺相惜，结为义兄义弟。赫定年纪尚轻；赫格尼较为年长，已经有了一个女儿，名叫希尔德。冈铎尔再次出现在赫定面前。她承认两人确实不相上下，但赫格尼还是略胜一筹，因为他有一位美貌的王后，赫定却还是单身。赫定争辩，若是他出言求亲，必然能娶希尔德为妻。冈铎尔反驳道，他最好还是绑走希尔德，杀了她的母亲。这样赫格尼就没有王后了，赫定也能通过强娶希尔德证明自己的胆略。赫定忘记了自己许下的誓言，实行了她的计划。赫格尼回到家里，发现妻子死了，女儿被绑走了。他追了上去，跟着赫定来到了奥克尼群岛中的霍伊岛。赫定的罪行令人发指，双方毫无和解的可能，立时投入了战斗。每个夜晚，希尔德都会复活死者；每个白天，战争都会再度打响。它将永远持续下去，直至诸神的黄昏。

挑起战争的冈铎尔不是凡人，似乎是弗蕾亚的一重化身。有一首诗告诉我们，弗蕾亚拥有半数死者；在这个故事的后期版本中，她为了从奥丁那里拿回布里辛嘉曼，受命去挑起争端。在另外一些版本里，希尔德自己就是个女武神，不需要冈铎尔来促使赫定背叛义兄。有一个版本可能是最古老的；在这个版本中，希尔德已经准备好调停父亲和爱人之间的纷争，但赫格尼的宝剑坏了事。和其他一些神剑一样，这柄宝剑也有它的麻烦之处（这把剑可能也是侏儒打造的，因为它的名字叫作戴因斯莱夫，意为戴因的遗产）（戴因是北欧神话中一个侏儒的姓名，在《霍比特人》中被用来给矮人国王丹恩命名——译者注）：

画面中的场景可能是赫定人之战。乘船的海军对上了陆地上的军队，两军之间站着一位女子。见于哥得兰莱尔布鲁的斯多拉哈马斯一号画像石。

每次出鞘，必有死伤。因此他们难免一战。希尔德深爱着两人，无法忍受任何一方因对方而死。于是她不断地把他们带回人世，继续无尽之战。

不同于沉湎于宝藏和复仇的沃尔松格家族，这些英雄通过游历和攻城略地、忠诚地服务于一位领主以及往往通过聪明和谋略的力量来追寻荣耀。就像赫华勒的父亲所说的那样，维京女郎赫华勒不同于绝大多数女子，和男子也不尽相似。她具有惊人的勇气，敢于向死者索取自己的遗产。尽管如此，这两章中出现过的所有英雄都拥有这样的信心：自己能够在死后找到去往瓦尔哈拉的道路，成为英灵战士的一员，以亡灵之身在诸神的黄昏之时与神明并肩作战。事实上，诸神之所以挑起赫定人之战，似乎本来就是为了征募英灵战士，只是因为希尔德具有复活死者之力，他们的计划才遭到了阻挠。在最后一章里，我们将看到诸神的黄昏是怎样开始的，以及在那之后将会发生什么。

6

终结与新生

❖ 奥丁寻求智慧 ❖

我们知道，奥丁曾向密弥尔之泉献出了一只眼睛，以获得关于未来的知识。然而他并未满足，依然孜孜不倦地寻访智者，希望他们能告诉自己更多。《女占卜者的预言》讲述了奥丁请教女占卜者的故事。她为奥丁解答了许多关于过去和未来的问题，这一章中接下来的内容大部分都取自于她的陈述。奥丁还拜访过巨人瓦夫斯洛德尼尔。尽管弗丽嘉警告他此行凶险，奥丁还是勇敢地走进了巨人的家：

> 你好，瓦夫斯洛德尼尔！我已来到你的殿堂
>
> 亲身求见；
>
> 首先我想知道，巨人，你是不是真的聪明
>
> 或者你是否真的睿智过人！
>
> ——《瓦弗鲁尼尔之歌》（即瓦夫斯洛
>
> 德尼尔——译者注），第 6 节

瓦夫斯洛德尼尔挺身迎接挑战，答应参与斗智。他还设下了赌注："何妨用脑袋做个赌注，陌生人，同你分出高低"（第 19 节）。神明和巨人拿轶事秘闻来考验对方：关于遥远的过去，诸神的历史，还有未来——诸神的黄昏。斗智是一项艰巨的任务，因为其目的不仅仅在于难倒对方，还要设法偷学对方的知识；参与双方还得有足够的辨别能力，才能看出对方是否在撒谎。斗到最后，奥丁似乎已经对诸神的黄昏以及后来之事有了足够的了解，便问出了他最爱的无解难题：

> 我寻访过很多地方，我尝试过很多事情，
>
> 我多次证明过力量；
>
> 奥丁对他的儿子附耳说了什么，

在他被送上火葬柴堆之前？

——《巨人瓦弗鲁尼尔之歌》，第54节

　　这个问题一出，瓦夫斯洛德尼尔知道游戏结束了，因为只有奥丁本人才会知道答案。他认输之后，这首诗就完结了。可以猜想，瓦夫斯洛德尼尔必然会交出项上人头，但奥丁是否会把它取走，那就是另外一码事了。

　　奥丁为什么要踏上追寻智慧的旅程呢？为何他不惜以项上人头做赌注，也要验证自己已经知道的信息？一种可能的解释是，他迫切地想要检验——再检验——命运是否真的无从避免。宇宙中有这么多智慧生物，会不会有人知道一种不一样的未来呢？奥丁是不是必须和巨狼对战，最后被其吞噬？世界是不是必然被大火吞没，然后沉入海底，消失不见？我们已经知道，就像奥丁在追寻的过程中反复听闻的那样，诸神的黄昏必然会降临。世界毁灭的征兆已经开始显露，奥丁机敏的问题里就包含了一种末日之兆：巴德尔，这位最美好最明亮的神祇，已经死去。

❖ 巴德尔之死 ❖

　　我们此前并没有怎么提及巴德尔，这主要是因为除了他的死亡再没有多少好说。斯诺里向我们担保，他确实英俊非常、光彩夺目（以至于一种洋甘菊就是以他命名，叫作baldrsbrá，意为巴德尔的睫毛）。巴德尔聪明睿智，心地善良；他娶了南娜为妻，受到所有人的喜爱。

　　然而，从某一天开始，巴德尔做起了噩梦。诸神照例聚集商议，决定要遍访所有的造物，请它们发下誓言，绝不伤害巴德尔。在《巴德尔的噩梦》这首诗中，奥丁表现得就像所有忧心忡忡的父亲一样。

奥丁骑着斯莱普尼尔去拜访海拉，从一只胸前染
血的小狗旁边经过。W.G.柯林伍德绘（1908）。

他给斯莱普尼尔上好鞍鞯，亲自前往海拉的国度寻求事实的真相。可是，他在冥界的边缘碰上了一只身染血污的小狗（或许是一头年幼的地狱之犬），然后他改变了主意。他不再继续前往海拉的宫殿，而是决定唤醒葬在这附近的女占卜者的亡灵。就像和其他智者对话时一样，奥丁隐瞒了自己的身份，向女占卜者请教心中的疑惑。脾气暴躁的女占卜者确证了他的忧虑：

> 长凳上装点臂环是为谁，
> 高台上撒满黄金待何人？（……）
>
> 蜜酒已经摆好，是为巴德尔而酿，
> 酒浆清亮；上方挂着块盾牌，
> 阿萨神祇有了不祥的预感。
> 我不愿告知于你，我将闭口不言。
>
> ——《巴德尔的噩梦》，第6—7节

女占卜者又向奥丁透露了更多细节，直至奥丁提出了一个神秘的问题——显然是一条关于波浪的谜语，让谈话走到了尽头。女预言者由此猜到了他的身份，拒绝继续与他对答。

巴德尔似乎难逃一死。在斯诺里的版本中，要求造物发誓的人是巴德尔积极能干的母亲弗丽嘉。她访遍了所有的造物，让万事万物都立下誓言，绝不伤害他的儿子。"火、水、铁和所有的金属、石头、泥土、树木、疾病、走兽、飞禽、毒素、虺蛇"——全都发誓不会伤害巴德尔。那还有什么能置他于死地呢？唯有弱小槲寄生被弗丽嘉忽略了。在她看来，槲寄生实在太过幼嫩。因此，当有个女人去芬撒里尔拜访她，好奇地追问起这件事时，弗丽嘉无意中透露了这一信息，亲手铸成大错，因为那个女人是洛基假扮的。得知此事后，洛基充分地利用了这个信息。

与此同时，诸神们正在议事厅狂欢。巴德尔站在中间，其他人拿着各种各样的东西朝他抛掷。他们的武器全都从他身上弹开，没有对他造成任何伤害——他可能是忍不住想要炫耀。巴德尔的兄弟霍德尔忧伤地站在人群边缘。他双目失明，无法参与游戏。一个友好的声音

巴德尔之死。克里斯托弗·威廉·埃克斯贝尔绘（1817）。

在他耳边响起，问他是否想要加入。说话的人递给他一根柔软的枝条，引着他的手瞄准，使他可以击中目标（参见 12 页）。巴德尔倒下了；诸神大放悲声，洛基趁乱溜走了。一枝槲寄生击倒了最优秀的神明。奥丁则受到了双重的打击：他不仅要承受儿子的死，还意识到巴德尔之死是一个征兆，它明明白白地预示着诸神的黄昏即将到来。

弗丽嘉允诺，若有人能前往冥界，向海拉索回巴德尔，就能得到她的钟爱。有个名叫赫尔莫德的人跳上斯莱普尼尔，朝着冥界奔去。巴德尔的葬礼已经准备就绪；诸神把他的尸身运往海边，放了他的船上。但不管他们怎么推，船都停在滚木上一动不动，没有向海中移动分毫。直到一位女巨人希尔罗金的出现，她骑狼而来，以蛇为缰，力大无比，她只推了一把，船就动了起来，还引得火星飞溅、地动山摇。尽管她帮了诸神一个大忙，还是差点丧生在索尔锤下。南娜在葬礼现场悲痛而死。诸神把她的尸体放在巴德尔旁边，双双抬上了火葬

维京船葬

在维京时代，出身高贵之人常常被葬在船棺里，可能是象征着死者需要乘风破浪才能抵达死后世界。前言里对奥赛伯格号进行过介绍，它是唯一一艘考古发现的墓葬船。在英国的萨顿胡，七世纪的盎格鲁-撒克逊国王也是葬在了一艘船里（尽管整艘船只剩下了铆钉）。这证明墓葬船并不仅仅是维京时代的风俗。九世纪，一名阿拉伯旅行者伊本·法德兰在伏尔加河上碰到了一群维京罗斯战士。他们的首领刚刚去世，伊本·法德兰将葬礼仪式详细地记录了下来。由于篇幅的限制，在这里我们无法给出全部细节。不过，在仪式的高潮，与首领亲缘最近的人手持火炬，将首领的船和船上的尸体一起点燃。那人全身赤裸，用一只手遮住肛门，绕着船倒行。伊本·法德兰说，船周围堆放着大量的木材，阵风扬起，不到一个钟头，首领和船全部化为灰烬。

一艘燃烧着的维京墓葬船被推向海中。弗兰克·迪科塞尔绘（1893）。

的柴堆。火焰吞噬了两具尸体。各界宾客云集而来，本是为了向巴德尔致敬，如今却一起见证了他的葬礼。有一个名叫莱廷的侏儒十分不幸，在索尔上前向火葬柴堆致意的时候正好挡了他的道，被索尔一脚踢进了火堆。

赫尔莫德勇敢地奔赴冥界，发现冥界的统治者海拉对诸神的请求完全无动于衷。巴德尔和南娜已经出现在海拉的厅堂。巴德尔坐的椅子和海拉的不相上下。海拉答应放巴德尔离开冥界，条件是要所有的生灵都为巴德尔落下眼泪。赫尔莫德把消息带了回去，阿萨神祇听闻之后都立即行动起来，向世界各地派出信使。他们的努力卓有成效，万事万物都听从他们的请求为巴德尔哭泣——就算是金属也落下了眼泪（斯诺里告诉我们，这就是为什么会出现露水）。然而，在某个山洞里，他们碰上了一个叫作索克（这个名字极为讽刺，意为感谢）的女巨人。当他们请求索克为巴德尔哭泣的时候，索克驳斥道：

> 为了巴德尔的葬礼，
>
> 索克只会干嚎。
>
> 不管是死还是活，
>
> 没有哪个男人的儿子能给我带来快乐：
>
> 就让海拉把人留下吧。
>
> ——《欺骗古鲁菲》，第49章

　　所有人都深信不疑，这个拒绝配合的女巨人不是别人，肯定就是洛基。

强占琳达

　　奥丁知道，巴德尔的复仇者将是人类公主琳达的孩子。可让她怀孕并不是一件直截了当的事情。年老貌丑的神明百般勾引，全都被琳达拒绝了。奥丁先是混进了她父亲的宫廷，成了一名能征善战的将军。尽管如此，当他要向琳达索吻的时候，却被迎面打了个耳光。接下来，他扮成了一个铁匠，给琳达送去了许多精美的手镯。这么做也没起到作用，换来的还是一个耳光。最后，奥丁对琳达下了咒，用卢恩符文迷乱了她的神智。然后，奥丁扮作一个老妇人，假装能够治病救人。他开了一剂极苦的药方，人们只得把琳达绑在床上，才能逼她把药喝下去。当奥丁和病人独处的时候，这个假大夫就把不幸的女孩给强暴了。故事中讲到（萨克索·格拉玛提库所述），其他的神祇都对这种做法感到震惊，将奥丁处以流放。然而，琳达还是怀孕了，生下了瓦利。

巴德尔之死带来了两重后果。奥丁已经从女占卜者的亡灵口中得知，只有一个人可以为巴德尔复仇，而那个人还没有出生。

小瓦利确实天赋异禀，他就像海尔吉一样，才出生一天就能上战场。《女占卜者的预言》中讲到：

> 他从不洗手
> 也不梳头
> 直到把巴德尔的仇人送上
> 火葬的柴堆。
>
> ——《女占卜者的预言》，第33节

可是，瓦利杀的是"用手杀人"的可怜的盲眼兄弟霍德尔，而不是躲在幕后的"用脑杀人"的洛基。洛基自有他的结局。

巴德尔为什么非死不可呢？人们经常把他和另外一些死于事故或阴谋的神明进行比较。有些近东的古老神明，如埃及的俄西里斯，或西布莉钟爱的阿提斯，也会死去。根据神话的上下文，他们的死亡都是发生在季候轮回之中；随着春天的到来，他们又会重生。伊西斯成功地复活了她的兄弟/爱人俄西里斯，就像尼罗河年年泛滥，丰沃土地。阿提斯也会年年重生。但是诸神没能复活巴德尔（至少目前没有）。因此，这个神话似乎并不涉及生殖繁衍的因素。

巴德尔也可能被当成了祭品：他被飞矛刺穿，这显然可以被当作向奥丁献祭。然而，巴德尔之死似乎并没有换来任何好处；就算他被当成了祭品，献祭仿佛也漫无目的（奥丁把自己献祭给自己，目的是为了获得卢恩符文的秘密）。这段神话道出了家族内部冲突的可怕之处——杀死凶手并不意味着复仇成功，瓦利向霍德尔发起复仇，只是让奥丁又失去了一个儿子。谁应该为霍德尔复仇呢？从这个角度讲，奥丁是幸运的，因为他能够繁衍，可以用新生的儿子代替死者。但是，正如这段神话所指出的，儿子们不能完全相互替代，瓦利就不能彻底取代巴德尔。

❖ 囚禁洛基 ❖

根据斯诺里的叙述，诸神没能让万事万物落泪，巴德尔便无法离开冥界；之后诸神立刻对洛基展开了追捕，把他抓住并关押起来。在诗歌版本的传说中，洛基被囚是在他和诸神决裂之后。还记得在埃吉尔的宫殿中举办的盛宴吗？为了那场盛宴，希密尔的大锅都被借来酿酒。所有的男神女神齐集一堂，只有索尔不在，因为他照常去东边消灭巨人了。洛基这位"不受欢迎人物"（原文为拉丁语 persona non grata，是一个外交名词，意为被拒绝入境的人士。——译者注）本应不在其列。然而，这位不速之客竟公然现身，还要主人为他安排座位、奉上美酒。诗歌之神布拉吉打算拒绝他，可洛基摆出了自己和奥丁的血缘关系。他还提起了奥丁曾经发下的誓言：若是洛基不得美酒，他自己绝不独饮。奥丁下令，务必让"恶狼之父"入席。

这段故事记录在《洛基的吵骂》一诗中。洛基随后向诸神发动了全面攻击，逐个辱骂过去。诸神挨骂的模式相当一致：洛基辱骂神明甲，甲回应反驳；洛基再度反击，神明乙站出来为甲辩白，却把洛基的毒舌引到了自己身上。诸神遭到了多种多样的指责：奥丁曾经施展过赛德（参见第 2 章），为人不讲信用；其他的男神要么懦弱胆怯，要么就是有不太光彩的一面。他呵责尼奥尔德，说他居然容许希密尔的女儿们（女巨人，这里可能象征着河流）往他嘴里撒尿，正如河流汇入大海一样。除此之外，尼奥尔德还和自己的姐妹乱伦生子。女神们则被指控私生活不检点，大多数都跟洛基本人有过情缘。对于另外一些女神，比如丝卡蒂，洛基提起了她们亲人的死，他自己也曾在其中

被索尔逮住之后，洛基被囚禁了起来。画中洛基头上带有双角，
甚为奇特。出自坎布里亚郡的十八世纪柯比斯蒂芬石。

出一份力。他用巴德尔之死触怒了弗丽嘉；贬斥弗蕾亚人尽可夫，连
自己的哥哥都不放过。就连索尔的妻子希芙也没能幸免，被揭穿了和
洛基之间的私情。当时希芙被洛基偷去金发，还不知道是怎么到手的
呢！最后，索尔赶了回来，照例用咆哮和威胁吓阻了洛基带刺的话
语——不过洛基还是损了他两句，说的明显是和斯克里米尔相关的那
次历险（参见第3章）。然后洛基便离席了：

> 单只为你我也该告辞，
>
> 我知道你当真会动手。
>
> ——《洛基的吵骂》，第64节，4—6行

这里可能在讽刺诸神依靠筑墙者建起阿斯加德的新城墙，却又不
守承诺；也可能是他曾经惹过索尔，沉痛地认识到了这一点。根据其
他资料看来，洛基的指责大部分都确有其事。不过其中也有抹黑的成
分；提尔牺牲手臂和弗雷为获得吉尔达把宝剑交给史基尼尔这两件事

就被他说得颇为不堪。《洛基的吵骂》这首诗趣味盎然，只是幽默之中又充满了恐怖，洛基的厚颜无耻和诸神的隐秘丑闻都令人惊愕不已。这首诗是否想要严肃地批判异教神祇呢？或许这首诗的作者是一名基督徒，他意图揭穿诸神的伪善和怯懦？又或者，写这首诗的人是一名虔诚的信徒，他想要表明的是，诸神之于我们简直是云泥之别——他们实现神圣职能的方式是无法用我们人类的伦理体系来理解的。在不同的时期，人们对于《洛基的吵骂》的理解很可能有所不同，主要取决于表演者所传达的细节。不过看完之后，每个人很容易产生相同的感觉：要是没有这群乌合之众，世界可能会更好吧。

　　洛基成功地逃离了愤怒的诸神，他把自己变成一条鲑鱼，躲在瀑布后面。斯诺里详细地描述了他被捕的细节。洛基在瀑布附近的山上给自己造了一所房子，白天就在水下藏身。一天晚上，他开始琢磨，阿萨神祇要怎么才能逮住变成鱼的自己。他拿起亚麻线，造出了世界上最原始的渔网。渔网做好之后，洛基得知奥丁已经从至高王座希利得斯凯拉夫上发现了他，诸神正在赶来的路上。他立刻把渔网扔到火里，跳进水中。诸神中最聪明的一位（这里把他叫作克瓦希尔，就是被侏儒取血酿造诗仙蜜酒的那位神明）从灰烬中观察到了渔网的形状，由此推断出了它的用途。诸神迅速复制出一张渔网，但洛基化身的鲑鱼从渔网上跳了过去。最终，索尔涉水来到河中央，趁洛基在自己身边鱼跃而起，一把将他捉住。洛基以最快的速度从索尔手中溜了出去，但他的尾巴却被索尔攥在了掌心。这就是为什么鲑鱼的身体到了尾部会突然变细，为什么它们在逆流而上时会跃出水面。

　　洛基知道自己已身陷绝境：他不是和诸神商量好条件才投降的，而是成了他们的俘虏。诸神找来了三块大石板，把它们立了起来，在每块石板上挖了一个洞。洛基的两个儿子也被抓住，变成了两头狼；纳尔把兄弟纳菲撕成了碎片，诸神就用纳菲的肠子把他的父亲绑在了石头上。这些肠子被魔法束紧，化作了钢铁镣铐。最后雪上加霜的是

丝卡蒂把一条毒蛇挂在洛基上方，洛基的妻子西格恩
捧着碗承接从它嘴里滴下的毒液。温格绘（1890）。

丝卡蒂：她把一条毒蛇挂在洛基头顶，毒液不断地从它的毒牙中滴落。洛基的妻子西格恩站在丈夫身边，捧着一只碗接住毒液。时不时地，她必须转身把碗里的毒液倒掉，这时毒液就会落到洛基脸上。洛基拖着镣铐拼命挣扎——这就是为什么会发生地震。

  洛基和阿萨神祇的最终决裂引出了一些有趣的问题。他通常是一个骑墙派，时而偏向巨人那边，但也会帮助诸神取回失物。他还扮演着一个重要的角色——索尔的助手。那他这么做又是为了什么呢？有一种解释把洛基的行为和关于诸神的黄昏的种种预言联系了起来。芬里尔注定会在末日挣脱镣铐、攻击诸神，那么他必须先被束缚起来。同理，洛基也会摆脱桎梏，带领巨人对抗旧日同伴，因此他必然要被囚禁起来。那么，为了让诸神把他关押起来，他就得先激怒众神：先是造成了巴德尔的死，然后在《洛基的吵骂》中展现了他精湛的毒舌功力。如果巴德尔的死是诸神的黄昏的先兆，那么巴德尔就必死无疑，洛基也难逃被囚的命运。这种解释包含了一个前提假设：虽然北欧神话源起于古诺斯语世界的不同地区，曾经必然是一个由各种各样的版本构成的庞大集合，但留存到现在的故事在时间顺序上是连贯一致的。不过，就算我们难以相信洛基有一个全盘计划，我们还是可以明显地感觉到，诸神的命运早已注定。即便奥丁四处追寻，想要知道预言中的未来是否可以被改变、被阻止，但结局已经写下。还有一件事情也充满了暗示意味：上文提到，斯诺里认为洛基的二子之一（杀死兄弟的狼）名叫瓦利，而奥丁的幼子也叫这个名字——他杀死了同父异母的哥哥霍德尔，为另一个同父异母的哥哥巴德尔报了仇。这两个故事中贯穿着相同的主旨——手足相残，血亲复仇，末日魔兽恶狼和蛇——由此突出了奥丁和洛基两位神明之间的本质联系。

❖ 末日之兆 ❖

首先出现的是严酷寒冬，芬布尔之冬。冬日整整持续三季，其间看不到夏天的影子。雪花从四面八方席卷而来，寒风凛冽，霜冻刺骨。接下来是社会秩序的分崩离析：

> 兄弟相争，手足相残，
> 外甥将背弃至亲舅父；
> 人世艰难，淫乱盛行，
> 斧的世代，剑的世代，砍得盾牌四分五裂，
> 风的世代，狼的世代，最终世界沉落入海；
> 普天之下皆仇雠，不取性命不罢休。
>
> ——《女占卜者的预言》，第45节

世界走向混乱。女占卜者预言，在人类陷入内乱之前，还会出现

惩治罪人——基督教的理念？

女占卜者看见，在死尸之滩附近，有一条浑浊喧嚣的河水流过。发过伪誓的人，杀人害命的人，奸人妻子的人，全都在水中跋涉。另外一条从东边而来的河流，名唤"恐惧"；河里漂满了刀剑斧钺。在其他北欧神话里，并不存在罪人死后受罚的概念；此处出现的死后酷刑或许是基督教带来的影响。鉴于《皇家手稿》中的这个版本可能写于挪威皈依基督教前后（1000年），这种可能性确实存在。

更多末日征兆。

在绞架之森深处，一只翎羽殷红的公鸡放声啼鸣。铁树林中也传来了雄鸡报唱——女巨人在此养育芬里尔的后代，追逐日月的双狼。一声犬吠插入了诡秘刺耳的合音，那是巨型猎犬加尔姆（可能是芬里尔的分身，也可能是另一头与他无关的地狱魔兽，某种地狱犬）。这可怕的时刻终于来临，日月双双落入了二狼的血盆大口，它们已经追逐了好久好久。世界陷入黑暗之中。

世界之树着火了。这棵高大的梣树摇摇欲坠，海姆达尔吹响洪亮的加拉尔号角为诸神示警。奥丁和密弥尔的头颅紧急磋商，但战事迫在眉睫，寻求建议为时已晚。山峦崩裂，侏儒都从地下跑了出来，站在石门之前哀号。女巨人四处游荡，人类不知所措。英灵战士骑马冲向战场；他们已经为此训练了千万年。然而，恶龙法夫尼尔在死前向希格尔德预言，就在他们和众神去往最终的决战地——乌斯库尼尔（意为尚未完成）岛——的路上，彩虹桥比弗罗斯特从中断绝，战马纷纷坠入水中。他们就此被剥夺了胜利的可能。

在每个战略要地，邪恶的力量都脱离了控制。火巨人苏尔特尔从南方而来，佩着他的巨剑，剑上放射出太阳明亮耀眼的光辉。阴邪的死尸之船纳吉法尔从东方扬帆起航。这艘船由死人的指甲构成，上面

遮天巨狼

关于巨狼玛纳加尔姆（又叫加尔姆或月亮猎犬），艾伦·加纳 1960 年的小说《布里辛嘉曼的命运石》中有一段令人惊恐的描述。在这本小说中，加纳借用了大量的北欧神话。小说进行到高潮，一个恐怖的黑魔法被释放了出来：

> 一朵云从北方冲了过来，它比那些遮蔽太阳的乌云更加贴近地面。它其实是一头魔兽化作了一头恶狼的模样。它的下半身拖在地平线以下，瘦长的身躯高高隆起，横过天空，延伸至耸动的双肩。在前面是一颗巨大的头颅，张开的大嘴现在看来已经比一条山谷还要宽……东北方的天空完全被巨狼的头遮蔽了。巨狼打了个哈欠，嘴越张越大，最后天地之间只剩下黑色的巨颚，横冲直撞而来，要把山岭和河谷整个吞下。
>
> ——艾伦·加纳，《布里辛嘉曼的幸运石》，伦敦 2010，283 页

幸运的是，命运石的魔力驱散了邪恶力量，世界得到了拯救。

诸神在为诸神的黄昏做准备。W. G. 柯林伍德（1908）仿照维京时代雕刻的样式而作。

的船员都是火巨人。洛基为这艘船掌舵，带领巨人们用火焰摧毁神界和人界。从东方而来的还有霜巨人领袖赫列姆。中庭巨蟒庞大的躯体在海中掀起滔天巨浪。芬里尔终于撕裂了软滑如丝的镣铐，从长久的束缚中挣脱出来，自由地腾跃。

❖ 最终之战与诸神之死 ❖

现在，预言已久的最终之战开始了。奥丁勇敢地上前面对巨狼，但这位持枪之神发现昆古尼尔毫无助益，芬里尔一口就把他吞了。看到丈夫死了，弗丽嘉怆然泪下。诗中把奥丁称为"弗丽嘉的挚爱"，并把他的死亡和巴德尔之死相提并论，说成是"弗丽嘉的第二重伤悲"。女神们在战场边哭泣，男神们扛着盾牌对抗他们的宿敌。接下来轮到了索尔，他再度迎战老对头中庭巨蟒。索尔打倒了巨蟒，但他也被巨蟒的威力和有毒气息所伤，只从尸体边跟跄着走出九步，便倒

芬里尔跃到奥丁身上，斯莱普尼尔失蹄倾侧。多萝西·哈迪绘（1909）。

地身亡。

斯诺里加入了一些其他文献中没有的细节。这些细节可能是自古有之，也有可能是他自己在组织的时候凭直觉加入的。弗雷对战苏尔特尔。正如洛基所预言的那样，由于他为巨人姑娘吉尔达送出了宝剑，他此时必然为了无剑可用万分懊恼。巨犬加尔姆先用狂吠预告了诸神的黄昏的来临，现在又打败了提尔。鉴于提尔之前和芬里尔有过恩怨，这让人更加怀疑，加尔姆和芬里尔其实是一体的；提尔被芬里尔咬掉了一只手，这时就来清算旧账。海姆达尔和洛基彼此对战——这也不是第一次了——最终同归于尽。

诸神在抗击魔兽之时确有斩获。奥丁之子维达跳进了芬里尔嘴里；他脚上穿着一双厚底鞋，使他不惧巨狼的利齿。斯诺里在旁白中告诉我们，每当鞋匠在脚趾或脚跟的位置修剪下多余的鞋底，这些材料就会变成维达之鞋的一部分。维达一手抓住了巨狼的上颚，把巨狼生生撕裂。父亲死去儿子报仇，这一幕成了维京时代雕像最钟爱的场景。

巨人苏尔特尔的火焰让整个世界都变成了火海，《女占卜者的预言》中讲述的大地诞生的过程（在第 2 章中有所重述）如今反向上演了：

> 太阳变黑，大地沉落入海；
>
> 明亮的星辰从天空中消失，

海姆达尔和洛基之争

传说中，海姆达尔和洛基在此之前就有过争斗。有一次，他们双双变成海豹的样子，在海中一片叫作辛加斯坦的岩礁上打了起来。他们争夺的是弗蕾亚精美绝伦的项链布里辛嘉曼。项链不知怎么落入了洛基的手中，两人为了它的归属动起手来。海姆达尔打赢了，把这条珍贵的项链还给了女神。这可能是第 2 章中讲到的洛基盗走项链的另一个版本。

维达一脚踩进芬里尔嘴里。刻于坎布里亚郡 10 世纪早期戈斯福斯十字架上。

火山浩劫？

　　《女占卜者的预言》大约作于 1000 年左右，那时人们已经在冰岛定居了很长时间。因此有人猜测，诗中描写的诸神的黄昏其实是冰岛火山多发的反映。在前面引用的这段诗歌里，诗人勾勒的末日景象无疑全都可以被解读为火山喷发的特征——火焰升腾，火山灰遮云蔽日，大地被火热的岩浆淹没，黑色的熔岩遇到海水吱吱作响。

　　　　熊熊大火中蒸汽剧烈升腾，

　　　　烈焰高高扬起触到了天穹。

　　　　　　　　　　——《女占卜者的预言》，第 57 节

　　然而前面提过，太阳已经被始终追逐着它的恶狼给吞噬了。这告诉我们，诗歌和斯诺里的散文吸取了不同版本的传说，试图把它们整合成连贯统一的叙述。世界一片黑暗，只有腾跃的火焰带来光明，终结就此来临。

✿ 重生 ✿

　　海水涌上大地，流火如雨而下，神明、人类和巨人尽皆灭亡——世界的终结也是基督教传说中末世论的特征。然而，并不是所有的神话里都有末日之说；许多神话体系都把时间和空间想象成是环形的。它们相信，一旦腐朽的旧日世界被扫荡尽净，就会出现一个新的世界取而代之。虽然埃达诗歌中使用了"饶那诺克"这个短语，意为"诸神的末日"，但斯诺里用了另一个稍有不同的词汇 rökkr，意思是"日暮"或"微光"。因此，瓦格纳认为，他的英雄世界的终局应为"诸神的黄昏"。Rökkr 不仅有"黄昏"的意思，也可以被理解为"黎明前的晦昧"；因此，它能够带来阳光灿烂的全新一天。

　　在诗歌传说和斯诺里的叙述中，我们确实看到，在末日之后出现了崭新的景象。在《女占卜者的预言》中，女占卜者预见了种种景象，也展望了末日之后的情景：

> 她看到
> 大地再度从海中升起，一片青绿；
> 水瀑奔流而下，苍鹰在上空翱翔，
> 掠过山巅，捕捉游鱼。
>
> 阿萨神祇聚首在艾达平原，
> 说起了强大的大地的腰带，
> 还有芬布尔提尔的古老卢恩符文。
>
> 精美的黄金棋子
> 将会在原野之中重现，
> 那是他们在逝去的日子里拥有的旧物。

——《女占卜者的预言》，第 59—61 节

　　部分阿萨神祇将会重返世间。令人惊奇的是，霍尼尔也在其列；过去他作为奥丁身边神秘的第三者，常常出现在一些重要的场合上。无辜的凶手和牺牲的死者——霍德尔和巴德尔——也跨越了生死的界限（我们推测，这可能就是奥丁在火葬的柴堆上对死去的儿子耳语的秘密），奇迹般地复生了。预言称，一个崭新的黄金时代将会来临：人们无须收割，田野便会主动献上庄稼；伤者无须治疗，所有的伤害都会痊愈；诸神在原野之中找回了黄金棋子，让人回想起早先的纯真年代。巨大的浩劫之后，幸存者们生出恍如隔世之感。新的神明追忆起中庭巨蟒和奥丁为他们赢得的卢恩符文。

　　在旧世界里，巨人瓦夫斯洛德尼尔在和奥丁斗智之时，也曾预言灾难之后的新生。他告诉焦虑的神明，有些人类——利弗和利弗诗拉希尔，都是很吉利的名字（意思是生命和生命的推动者，可能是一男一女）——将会存活下来，因为他们藏身在霍德密弥尔的树林（可能指的是世界之树，鉴于这棵大梣树就长在密弥尔之泉旁边）里。过去的太阳在被芬里尔吞噬之前生下了一个女儿，她将日日沿着母亲的轨道运行。瓦夫斯洛德尼尔还道出了新一代神明的姓名：为父亲奥丁复

世界重生之后，一只老鹰从瀑布边飞过，
搜寻着游鱼。埃默尔·丢普勒绘（1905）。

仇的维达；为兄弟巴德尔复仇的瓦利；索尔的二子摩迪和玛格尼，他们将拿起父亲的武器雷神之锤。和女占卜者的预言相比，瓦夫斯洛德尼尔的预言似乎没那么乐观：奥丁的儿子和索尔的儿子重返人间，意味着旧日的生活方式也会去而复返，仇杀和暴力将再度出现。预言之中毫无仇敌和解的迹象，而这正是《女占卜者的预言》所强调的。《女占卜者的预言》中还提到，霍德尔和巴德尔这两兄弟曾经双双受到洛基的恶意陷害，如今他们化解了仇恨，重续兄弟情谊——这一点瓦夫斯洛德尼尔也不曾提及。

　　不过，就算是在女占卜者所预言的新世界中，即便失去的黄金棋子奇迹般重返，仍有迹象表明，无可回避的机制又开始运作，下次重生的倒计时正在滴答进行。霍尼尔在奥丁旧日的领地里安下了家，随即开始切削"占卜的木签"；命运的齿轮仍在运转。沉入迷梦之前，女占卜者看到的最后一样东西是恶龙尼格霍德，这只曾经啃噬世界之树

耶灵石，10世纪丹麦画像石，由国王哈拉尔蓝牙定制。
它以传统的符文风格描绘了被钉在十字架上的基督。

的怪兽在天空中翱翔，翅膀上挂着累累尸骸。这似乎不太吉利。有人推测，这个细节标志着女占卜者回到了“现在”；在预言行将结束之时，她看到的其实是现实中的飞龙。还有人猜想，也许尼格霍德在新的世界中扮演了一个积极的角色。它之所以载着尸体，是想把它们运走，清除终极之战所残留的遗迹。可是，我们并没有理由认为，新的世界就不会重蹈覆辙。邪恶和腐败为什么不会再度横行呢（或许这次作祟的渊薮不再是洛基和他的巨人盟友）？诸神的黄昏，黎明之前的黑暗，为什么不会穿越岁月轮回，一而再，再而三地降临呢？

一个新神？

《女占卜者的预言》有一个写于14世纪早期的版本。这个版本中多出了一段描写，说的是世界重生之后，新一代神明搬入黄金屋顶的津利天宫时发生的事情。

> 一位大能者来到了诸神的议事厅，
> 他充满力量，从天而降，一切都归他掌管。

一位大能者降临在重建后的诸神议事厅，他到底是谁？他会不会是耶稣呢？或许耶稣在最终审判后归来，打算宣布异教诸神气数已尽，新的信仰将会成为正统。

神话继续

等到14世纪早期，“大能者”降临此地接掌权柄的时候，冰岛早已基督化了。然而，古北欧的神话传说仍能唤起人们的共鸣。在这一时期出现了一些新的诗歌，它们融合了神话传说的元素，用传统的形式讲述了新的故事。在一首 14 世纪的诗歌中，一位英雄被恶毒的后妈诅咒，被迫去向一个高不可攀的女子曼恩格洛德求亲。年轻的斯韦普达格先是拜谒了生母的坟墓，获得了一些防身的咒语和建议，然后前往曼恩格洛德的城堡。城堡的守卫是一个充满敌意的巨人，它不肯放小伙子进门。两人在门口对答良久，商讨进入城堡之前必须完成的任务。然而，那些任务环环相扣，完全无法完成：要想完成第一个任务，斯韦普达格必须先完成最后一项才行。这似乎是一个必死之局，可是还有一个例外——看门者解释，除非他的名字恰巧是斯韦普达格！大门立刻为他敞开，英雄走进城堡，美丽的曼德格洛德将他拥入怀抱，问他为何久久不至。

有些神话传说被改编成了民谣，依然留存在大众的想象之中。虽然不会有人依然信奉奥丁和索尔，但诸神和英雄仍然值得我们去思考。他们的故事提醒我们：诗歌、智慧、勇气、对抗邪恶、笑对死亡都是非常重要的事情。几个世纪以来，冰岛语变化不大，保存在萨迦和诗歌中的神话依然能够读懂。在 17 世纪，《皇家手稿》经过编辑整理，被翻译成了拉丁语；相关的知识很快就在欧洲广泛地流传开来。第一批英文译本出现在 18 世纪（有些版本中包含着可笑的错误）。北欧神话和传说被格林兄弟和瓦格纳推广到德国，在英国的传播则依靠的是威廉·莫里斯和 J. R. R. 托尔金的作品。如今，斯堪的纳维亚神话传说仍然保持着活力，如《权力的游戏》（故事中的凛冽长冬，即芬布尔之冬，一直威胁着人们），维京死亡金属和电视剧集《维京传奇》——剧中的英雄是我们在第 5 章中提到的毛裤子拉格纳。借助于这些脍炙人口的文化现象，即使北欧神话和传说在北欧人心中的地位已经被基督教取代，它在今天依然一如既往充满生机。

◄延伸阅读►

本书中讨论的大部分神话的原始资料都很容易找到译本。

Snorri Sturluson, *Edda*, trans. AnthonyFaulkes, 2nd edition (London, 2008). This contains *The Tricking of Gylfi* (*Gylfaginning*) and other mythological stories.

The Poetic Edda, trans. Carolyne Larrington,2nd edition (Oxford, 2014). Most of the poems quoted in this book can be found in full here.

Saxo Grammaticus, The History of the Danes, ed. Hilda Ellis Davidson, trans. Peter Fisher (Cambridge, 1979)

其他有趣和可读的关于北欧神话的书籍包括：

Chris Abram, *Myths of the Pagan North:Gods of the Norsemen* (London and New York, 2011)

R. I. Page, *Norse Myths* (The Legendary Past)(London, 1990)

Heather O'Donoghue, *From Asgard to Valhalla: The Remarkable History of the Norse Myths* (London, 2007)

关于神话的一个既学术又非常有趣的讨论是：

Margaret Clunies Ross, *Prolonged Echoes* Vol. 1 (Odense, 1994)

对于维京时代历史的一个非常可读的记录：

Anders Winroth, *The Age of the Vikings* (Princeton, 2015)

更多的学术著作：

Judith Jesch, *The Viking Diaspora* (London and New York, 2015)

关于斯堪的纳维亚考古学及其与神话的关系的引人入胜的记述：

Anders Andrén, *Tracing Old Norse Cosmology: The World Tree, Middle Earth and the Sun in Archaeological Perspective*

(Lund, 2014)

维京时代考古学的另一次探索：

Neil Price, *The Viking Way: Religion and War in the Iron Age of Scandinavia*, 2nd edition (Oxford, 2016)

当然，也有许多写给儿童的书，例如作家罗杰·兰斯林·格林和芭芭拉·莱昂尼·皮卡德的书。其中最好的是：

Kevin Crossley-Holland, *The Penguin Book of Norse Myths: Gods of the Vikings* (London, 1996)

以北欧神话为基础的一系列引人入胜的小说——前两部是写给年轻人的，最后一部是写给老年读者的：

Joanne Harris, *Runemarks* (London, 2008)

Joanne Harris, *Runelight* (London, 2011)

Joanne Harris, *The Gospel of Loki* (London, 2014)

Two young adult novels based on the heroic legends：

基于英雄传说的两部青年成人小说：

适合青年读者的两本基于英雄传说的小说：

Melvin Burgess, *Bloodtide* (London, 1999)

Melvin Burgess, *Bloodsong* (London, 2005)

‹引文出处›

1《埃达》，35 页，南京：译林出版社，2000 年。

2 Saxo Grammaticus, *The History of the Danes*, ed. Hilda Ellis Davidson, trans. Peter Fisher (Cambridge, 1979), page 5.

3 Saxo Grammaticus, *The History of the Danes*, ed. Hilda Ellis Davidson, trans. Peter Fisher (Cambridge, 1979), page 25.

4 Saxo Grammaticus, *The History of the Danes*, ed. Hilda Ellis Davidson, trans. Peter Fisher (Cambridge, 1979), page 172.

◀译名对照表▶

A

阿萨诸神 Æsir, gods
盎格鲁–撒克逊 Anglo-Saxons
阿斯加德 Ásgarðr
奥丁的至高王座希利得斯凯拉夫 Hliðskjálf, Óðinn's high seat
奥丁的乌鸦胡金和穆宁 Huginn and Muninn, ravens of Óðinn
奥德尔 Óðr
奥赛伯格号 Oseberg ship
奥塔 Óttarr
《艾特利的歌谣》 Poem of Atli
奥丁的天马斯莱普尼尔 Sleipnir, Óðinn's horse
奥丁之子瓦利 Váli, Óðinn's son
《安甘提尔的苏醒》 Waking of Angantýr
艾特礼，匈奴王阿提拉 Atli, Attila the Hun
埃达诗歌 eddic poems
埃吉尔·斯卡德拉格里姆松 Egill Skalla-Grímsson
爱丽，老年 Elli, Old Age

B

《巴德尔的噩梦》 Baldr's Dreams
《贝奥武甫》 Beowulf
布德维尔德 Böðvildr, Beadohild
博格希尔德 Borghildr
布里辛嘉曼 Brisingamen
布伦希尔德 Brynhildr / Brünnhilde
《布隆希尔德赴阴曹之旅》 Brynhildr's Ride to Hell
布尔 / 博尔，布里之子 Burr, Borr, sons of
比喻复合词 kennings

C

彩虹桥比弗罗斯特 Bifröst

D

狄丝 Dísir
德罗普尼尔 Draupnir
德瓦林 Dvalinn
地狱犬加尔姆 Garmr, hound

E

二狼基利和弗力奇 Geri and Freki, wolves

F

法夫纳和法索尔特 Fafner and Fasolt
法夫尼尔 Fáfnir
芬里尔 Fenrir

177

金伦加鸿沟 ginnunga gap
加拉尔号角 Gjallar-horn
骏马格拉尼 Grani, horse
爵汉尔 Jafnhár

K

狂战士 berserkir, berserkr
狂战士安甘提尔 Angantýr, berserk
凯特尔 Ketill hœngr
克索·格拉玛提库 Saxo Grammaticus

L

《老埃达》 Poetic Edda
拉普兰，拉普人，萨米人 Lapland,
Lapps, Sami
刘易斯棋子 Lewis Chessmen
利弗和利弗诗拉希尔 Líf and Lífþrasir
洛基 Loki
《洛基的吵骂》 Loki's Quarrel
洛德尔 Lóðurr
《拉格纳萨迦》 Ragnarr's Saga
拉姆松德 Ramsund stone
雷金 Reginn
里格 Rígr
《里格的赞歌》 Rígr's List
萝丝昆娃 Röskva
卢恩符文 runes
洛基之子瓦利 Váli, Loki's son
理查德·瓦格纳 Richard Wagner

M

毛脸格里姆 Grímr Shaggy-cheek
冥界女神海拉 Hel, goddess
盲眼之神霍德尔 Höðr, blind god

玛格尼 Magni
密弥尔 Mímir, Mímr
密弥尔之泉 Mímir's Well
妙尔尼尔 Mjöllnir
毛裤子拉格纳 Ragnarr loðbrók
墓葬船 ship-burials

N

男神弗雷 Freyr
男神海姆达尔 Heimdallr
男神克瓦希尔 Kvasir
男神提尔 Týr
男神乌勒尔 Ullr
男神维达 Víðarr
男神索尔 Þórr
女神阿萨尼尔 Ásynjur
女神弗蕾亚 Freyja
女神弗丽嘉 Frigg
女神芙拉 Fulla
女神葛冯 Gefjun
女神伊都娜 Iðunn
女神南娜 Nanna
女神希芙 Sif,
女神西格恩 Sigyn
女巨人安格尔波达 Angrboða
女巨人吉尔达 Gerðr
女巨人冈罗德 Gunnlöð
女巨人希尔罗金 Hyrrokin
女巨人丝卡蒂 Skaði
女武神冈铎尔 Göndul
那瑟斯 Nerthus
尼伯龙根 Nibelungleid
尼格霍德 Níðhöggr, dragon
诺伦 norns

Y

亚丝拉琪 Áslaug

英灵战士 Einherjar

永恒之枪昆古尼尔 Gungnir, spear

亚尔玛 Hjálmarr

《亚尔玛的死亡之歌》 *Hjálmarr's Death-Song*

约德 Jörð

约顿海姆 Jötunheimar

《英林萨迦》 *Saga of the Ynglings*

约特兰国王希吉尔 Siggeirr, King of Gautland

尤克特拉希尔 Yggdrasill

伊米尔 Ymir

Z

侏儒阿尔伯里希 Alberich, dwarf

中庭 Miðgarðr

中庭巨蟒 Miðgarðs-serpent

主神奥丁 Óðinn

诸神的黄昏 ragnarök

◄ 插图出处 ►

以下按页码排列，其中 f 为前言。

i British Museum, London ；**ii** Manx Museum, Isle of Man/Werner Forman Archive ；**vi-vii** Map by Martin Lubikowski, ML Design, London ；**viii** Artwork by Drazen Tomic ；**f3** Photo Fred Jones ；**f4, f6** Árni Magnússon Institute for Icelandic Studies, Reykjavík ；**f7** Photo Gernot Keller ；**f9** Jamtli Historieland Östersund ；**f11** from Olaus Magnus, *A Description of the Northern Peoples*,1555 (Hakluyt Society)；**f12** Bjorn Grotting/Alamy；**f13** Gerda Henkel Foundation ；**f14** Werner Forman Archive ；**f15**(上), **f15**(下左) Nationalmuseet, Copenhagen ；**f15**(下右) Statens Historiska Museet, Stockholm ；**4** Árni Magnússon Institute for Icelandic Studies, Reykjavík ；**5** Interfoto/Alamy ；**6** from Olive Bray, *Sæmund's Edda*, 1908 (The Viking Club) ；**9** National Museum of Art, Stockholm；**11** Árni Magnússon Institute for Icelandic Studies, Reykjavík ；**12** from Abbie Farwell Brown, *In the Days of the Giants: A Book of Norse Tales*, 1902 (Houghton, Mifflin and Co.)；**14,15** Árni Magnússon Institute for Icelandic Studies, Reykjavík ；**16** from Martin Oldenbourg, *Walhall, die Götterwelt der Germanen*, 1905 (Berlin) ；**17** from Felix Dahn, *Walhall:Germanische Götter- und Heldensagen*, 1901 (Breitkopf und Härtel) ；**18** Private Collection；**20** Árni Magnússon Institute for Icelandic Studies, Reykjavík；**21** from Olive Bray, *Sæmund's Edda*, 1908 (The Viking Club) ；**22** Árni Magnússon Institute for Icelandic Studies, Reykjavík；**24** Photo Blood of Ox ；**25** from Mary H. Foster, *Asgard Stories: Tales from Norse Mythology*,1901 (Silver, Burdett and Company) ；**26** from Martin Oldenbourg, *Walhall, die Götterwelt der Germanen*, 1905 (Berlin) ；**30** from Karl Gjellerup, *Den ældre Eddas Gudesange*, 1895(Copenhagen) ；31 Árni Magnússon Institute for Icelandic Studies, Reykjavík；**33** Nationalmuseet, Copenhagen ；**35** Johnston (Frances Benjamin) Collection/Library of Congress, Washington, D.C. ；**36** Det Kongelige Bibliothek, Copenhagen ；**37** Árni Magnússon Institute for Icelandic Studies, Reykjavík ；**39** from Karl Gjellerup, *Den ældre Eddas Gudesange*,1895 (Copenhagen) ；**40** Photo Carolyne Larrington ；**41** Photo Jan Taylor ；**43** from Abbie Farwell Brown, *In the Days of Giants: A Book of Norse Tales*, 1902 (Houghton, Mifflin and Co.)；**44** Moesgaard Museum, Højbjerg/Dagli Orti/The Art Archive ；**45** from A.&E. Keary, *The Heroes of Asgard: Tales from Scandinavian Mythology*, 1891 (Macmillan) ；**50** (上) Granger, NYC/Alamy ；**50** (下) Photo Tristram Brelstaff；**54,55** from Karl Gjellerup, *Den ældre Eddas Gudesange*, 1895(Copenhagen) ；**56** from J. M. Stenersen & Co, *Snorre Sturlason-Heimskringla*, 1899；**57** from Wilhelm Wägner, *Nordisch-germanische Götter und Helden*, 1882 (Leipzig)；**63** from Vilhelm Grønbech, *Nordiske*

Myter og Sagn, 1941 (Copenhagen)；　**64** from Olive Bray, *Sæmund's Edda*, 1908 (The Viking Club)；**66** from Karl Gjellerup, *Den ældre Eddas Gudesange*, 1895(Copenhagen) ；**67** from Richard Wagner, *The Rhinegold and the Valkyrie*, 1910 (Quarto)；**68** from Rudolf Herzog, *Germaniens Götter*, 1919 (Leipzig) ；**69** Statens Historiska Museet,Stockholm ；**71** Árni Magnússon Institute for Icelandic Studies, Reykjavík ；**72** from Karl Gjellerup, *Den ældre Eddas Gudesange*, 1895 (Copenhagen) ；**73** Árni Magnússon Institute for Icelandic Studies, Reykjavík；**75** Photo Researchers/Alamy ；**76** DeAgostini/SuperStock；**77** Árni Magnússon Institute for Icelandic Studies, Reykjavík ；**78** from Viktor Rydberg, *Our Fathers' Godsaga*, 1911 (Berlin) ；**79** British Museum, London ；**81** from Abbie Farwell Brown,*In the Days of the Giants: A Book of Norse Tales*, 1902 (Houghton, Mifflin and Co.) ；**85** from Wilhelm Wägner, *Nordisch-germanische Götter und Helden*, 1882 (Leipzig) ；**86** from Harriet Taylor Treadwell and Margaret Free, *Reading-Literature Fourth Reader*, 1913 (Chicago)；**92** from Padraic Colum, *The Children of Odin*, 1920 (Macmillan) ；**93** Árni Magnússon Institute for Icelandic Studies, Reykjavík ；**97** from Karl Gjellerup, *Den ældre Eddas Gudesange*,1895 (Copenhagen) ；**100** from Martin Oldenbourg, *Walhall, die Götterwelt der Germanen*, 1905 (Berlin) ；**102** from Padraic Colum, *The Children of Odin*, 1920 (Macmillan)；**104** from Felix Dahn, *Walhall: Germanische Götter- und Heldensagen*, 1901 (Breitkopf und Härtel)；**105** Richard Wagner Museum, Bayreuth/Dagli Orti/The Art Archive ；**107** Statens Historiska Museet, Stockholm ；**109** Granger, NYC/Alamy ；**110,111** Universitetets Oldsaksamling, Oslo/Werner Forman Archive；**112** Illustration by Dr Dayanna Knight；**113,115** Photo Carolyne Larrington ；**118** from Richard Wagner, *Siegfried & the Twilight of the Gods*, 1911 (London)；**120** Universitetets Oldsaksamling, Oslo/Werner Forman Archive；**131** from Olaus Magnus,*A Description of the Northern Peoples*, 1555 (Hakluyt Society) ；**135** from Fredrik Sander, *Poetic Edda*, 1893 (Stockholm) ；**137** Yolanda Perera Sanchez/Alamy ；**139** Photo Gilwellian ；**140** Árni Magnússon Institute for Icelandic Studies, Reykjavík ；**142** British Museum, London ；**147** Photo Berig ；**153** from Olive Bray, *Sæmund's Edda*, 1908 (The Viking Club) ；**154** Det Kongelige Danske Kunstakademi, Copenhagen ；**156** Manchester Art Gallery/Bridgeman Images ；**160** Photo Gerry Millar ；**162** Nationalmuseum, Stockholm ；**165** from Olive Bray, *Sæmund's Edda*, 1908 (The Viking Club) ；**166** from H. A. Guerber, *Myths of the Norsemen from the Eddas and Sagas*, 1909 (London) ；**168** from Finnur Jónsson, *Goðafræði Norðmanna og Íslendinga eftir heimildum*, 1913(Reykjavík) ；**170** from Martin Oldenbourg, *Walhall, die Götterwelt der Germanen*, 1905 (Berlin)；**171** Photo Sven Nilsson

© 民主与建设出版社，2023

图书在版编目（CIP）数据

北欧神话 / (英) 卡罗琳·拉灵顿
(Carolyne Larrington) 著 ; 管昕玥译. -- 北京 : 民
主与建设出版社, 2018.11 (2023.11重印)
书名原文: THE NORSE MYTHS: A GUIDE TO THE GODS
AND HEROES
ISBN 978-7-5139-2322-4

Ⅰ. ①北… Ⅱ. ①卡… ②管… Ⅲ. ①神话—作品集
—北欧 Ⅳ. ①I530.73

中国版本图书馆CIP数据核字(2018)第232781号

Published by arrangement with Thames and Hudson Ltd, London
The Norse Myths © 2017 Thames & Hudson Ltd, London
This edition first published in China in 2018 by Ginkgo (Beijing) Book Co., Ltd Beijing
Chinese edition © 2018 Ginkgo (Beijing) Book Co., Ltd
本书简体中文版由银杏树下（北京）图书有限责任公司出版。

版权登记号：01-2023-4736

北欧神话
BEIOU SHENHUA

著　　者	[英]卡罗琳·拉灵顿
译　　者	管昕玥
责任编辑	王　倩
封面设计	墨白空间·黄海
出版发行	民主与建设出版社有限责任公司
电　　话	（010）59417747　59419778
社　　址	北京市海淀区西三环中路10号望海楼E座7层
邮　　编	100142
印　　刷	河北中科印刷科技发展有限公司
版　　次	2018年11月第1版
印　　次	2023年11月第7次印刷
开　　本	889毫米×1194毫米　1/32
印　　张	6.5
字　　数	160千字
书　　号	ISBN 978-7-5139-2322-4
定　　价	66.00元

注：如有印、装质量问题，请与出版社联系。